Discurso sobre a metástase

André Sant'Anna

Discurso sobre a metástase

todavia

Parte 1: O homem

Os desmandamentos **9**
Discurso sobre a metástase **10**
Purgatório **43**
A Alemanha é muito melhor do que o Brasil **51**
Os melhores do mundo **55**
Adeus, Éden **59**
O indivíduo mais importante que existe **60**
A idade das trevas **63**
Deus é bom n⁰ 4B **66**
Ela vai morrer no final **67**
Deus é bom n⁰ 10 **107**
Metáforas **111**
Um Natal para aquecer nossa economia! **114**
O homem **118**

Parte 2: O autor

A história do André Sant'Anna **125**
A história do Brasil **141**
A história do meu pai **155**

Parte 3: O discurso

O fim do teatro **163**

Parte 1

O homem

Os desmandamentos

I. Deus é bom.

II. Eu sou bom.

III. Eu raciocino.

IV. Eu gosto de Deus.

V. Eu sou bom porque gosto de Deus.

VI. Eu gosto de bifes.

VII. Foi Deus quem fez as vacas.

VIII. Gosto de comer vacas.

IX. As vacas não são boas.

X. As vacas não gostam de Deus.

Discurso sobre a metástase

Sabe por quê?

Porque com a união de todos, todos juntos de mãos dada cantando aquela música da paz no coração e do amigo que vai te dar as mão, poderemos superar qualquer obstáculo, por mais intransponível que este se apresente. Basta que cada um de nós faça sua parte na construção de uma sociedade mais desenvolvida, mais global, mais foda e mais igualitária a nível de dinheiro. Uma sociedade onde todos seremos só um, onde todos seremos iguais, totalmente iguais, e, finalmente, pensaremos todos a mesma coisa. Todo mundo Um. Todos pensando o mesmo pensamento. Todos iguais. Todos crescendo juntos, ganhando dinheiro, que é a coisa mais importante que existe, todos crescendo, a economia crescendo, o dinheiro circulando, todos pensando os mesmos pensamentos, comprando croc-chips-bits-burgers sem parar para garantir o crescimento, o crescimento global, o crescimento de tudo, sem parar o tempo todo, até que todos juntos pensando o mesmo pensamento sejamos enormes. Gente enorme, num país enorme, um mundo enorme cheio de dinheiro, cheio de croc--chips-bits-burgers geradores de Kapital, o Kapital gerando empregos para o povo, gerando dinheiro para o povo andar por aí comprando croc-chips-bits-burgers e financiando o crescimento global de dinheiro, que é a coisa mais importante que existe. Do povo para o Kapital, do Kapital para o povo! É isso aí! E tem mais! E você ainda ganha novos valores agregados!

Sendo assim, hoje, agora que passamos por um período de instabilidade econômica, emocional e civilizatória, faz-se extremamente necessário adotar uma nova postura cidadã, por parte de cada um, a nível de todos juntos, para evitar que, no curto prazo, os pilares da nossa sociedade, a nível de civilização, comecem a ruir, antes que sejamos obrigados a ouvir o retinir das metrancas, o espocar dos canhões e os grunhidos onomatopaicos da classe baixa alta voltando à lama, voltando ao mais baixo dos patamares. A classe baixa alta começando a se descuidar da higiene, voltando ao princípio de tudo, ao sopão das ratazanas, esses indivíduos da classe baixa alta que, agorinha há pouco, refastelavam-se na compra de croc-chips-bits-burgers, na compra de iogurte para baixar o acúmulo das senhoras do povo, agora nem tendo condição nem de fazer parte de classe alguma, agora tomando as ruas da cidade, meio zumbis, uns cheiros horríveis vindo de toda parte, doenças horrorosas, novos tipos de câncer que enchem o corpo do amaldiçoado de feridas cheias de pus e um monte de insetos sofrendo mutações estranhíssimas, insetos carnívoros devorando criancinhas pelas ruas, cardumes de piranhas voadoras, um ódio, uns linchamentos, violência policial, violência infantil, matricídios! Gente fazendo suas necessidades fisiológicas na rua, na frente de todo mundo, fazendo sexo assim, na sarjeta.

É preciso reagir!

Você tem que fazer a sua parte!

O futuro de nossos filhos e netos só depende de você!

Isto é o Bem! Isto é o Mal!

Reaja!

Rápido!

Você está caminhando para a morte. Sua pele está ficando seca, sua carne se descolando dos ossos. O oxigênio que você respira enferruja o seu sangue, apodrece sua energia vital.

Reaja!

Você é responsável pelo futuro do planeta!

Você, que aqui está, é o povo!

Nós somos o povo e ficaremos juntos! Nossas diferenças respeitadas, nossas semelhanças compartilhadas!

Sabe por quê?

Porque vamos promover o amor entre as classes! Chega de luta! Vamos nos amar todos! Uma aliança entre Arena e MDB! Sim! Foi a isso que chegamos! Todos iguais! Arena e MDB finalmente juntos! De Karl Marx, vamos absorver o amor e a compaixão pelas criancinhas proletárias das minas de carvão, dos matadouros, das fábricas de guerra da Europa! Cristo! O Cristo em Karl Marx! Vinde a mim as criancinhas das minas de carvão!

Crianças! O velho deve dar lugar ao novo!

Mao Tsé-Tung! Vamos fazer uma revolução cultural! Queimar o velho em praça pública! Queimar o passado! Queimar a história! Queimar pensamentos que não nos dizem respeito. O novo nascendo a milhão! Revolução! Contrarrevolução! Nova linguagem! Contralinguagem! Polimúltiplas linguagens! Futurismo Punk-Dadá! Dadá!

Dadá! Dadá! Alta lucratividade! Alta velocidade! Cultura! Estratégia cultural de dominação! Nossas mais brilhantes almas forjando o novo poder! Dinheiro! Das Kapital! Cabeças cortadas! Vamos pensar! Vamos discutir! Vamos falar um monte de coisas! Um monte de palavras! Vamos determinar um pensamento único para todos os indivíduos! A cultura pode nos unificar! A arte! A arte não! A cultura! A cultura é uma unidade maior, onde todos são um! Todos iguais! Deus está morto! E então? Nasce o Super-Homem do Nietzsche? Não! Nasce o exército dos estúpidos! Todos iguais! Todos progredindo muito! Crescendo sem parar o tempo todo, crescendo sem parar o tempo todo, crescendo sem parar o tempo todo...

Vamos criar novas leis de incentivo à cultura! Bancos nacionais e internacionais financiando teatro! Financiando nossos projetos culturais! A Cultura do dinheiro! Vamos bater os pé! Vamos bater as mão!

Ô Ô Ô. Ô Ô Ô.

Companheiras e Companheiros, Brasileiras e Brasileiros: não levem a realidade tão a sério! Se concentrem! Mantenham o foco no sonho do dinheiro! Só o ouro é concreto! Dinheiro pra todo mundo! Quem quer dinheiro? O sonho do dinheiro para todos é o sonho de um mundo mais justo! Dinheiro para todos! Igualdade total! Morte ao indivíduo! Seremos todos iguais! Todos seremos Um! O dinheiro é nosso!

Mas se o meu sonho de igualdade total não puder ser realizado, o meu sonho passará a ser a destruição de todos os sonhos, entre todos os homens. Sim! Vou erguer um banco! Um império financeiro! Se não podemos tomar o capital dos poderosos, vou fabricar o meu próprio capital. Um banco! O maior dos bancos para a maior das nações! Sim! Das Kapital! Dinheiro é a coisa mais importante que existe! Viva o Brasil! Para ser a nação mais importante e justa sobre a Terra, o Brasil precisa de capital, de dinheiro, que é a coisa mais importante que existe! Sim! Dinheiro! Vamos aprender a ganhar dinheiro, a fazer dinheiro! Dinheiro é o combustível do espírito e da justiça! Com dinheiro, a poesia é livre! Vamos escrever tudo! Vamos dançar! Vamos ganhar dinheiro para viver a nossa cultura! O Brasil é bom! É tão bom viver num país democrático! Os deputados são bons! A democracia nos trouxe o progresso! O progresso é bom! Nós usamos gravatas! As gravatas são bonitas! As gravatas nos deixam mais bonitos! O mundo é bom, pois nós, a humanidade, somos civilizados. Nós, a humanidade, descobrimos as geladeiras e os automóveis. Os automóveis são bonitos! O homem é bom porque pensa! O homem é bom! O homem é bom! O homem é o melhor animal que existe! Os outros animais não pensam. Eles, os animais, são ruins! Quando nós comemos um bebê bovino, nós matamos a nossa fome! O baby-beef não se importa de ser devorado. O bezerrinho não pensa, por isso podemos comer seu cadáver. O Congresso é legal!

Os bonitos homens de gravata vão possibilitar a venda de cadáveres de animais para que possamos nos alimentar!

Sim! Justiça seja feita! A justiça está sendo feita! Nosso corpo abastecido pelo dinheiro! Nossa alma abastecida pela cultura! Vocês estão livres, brasileiros! Cidadãos brasileiros, libertos pelo capital! Nosso capital comprou a justiça! Nossos bancos são recordistas em lucratividade e nosso povo será livre para a arte total! Vamos todos para Nova York! Vamos para Nova York onde está chovendo dinheiro! Milagre! Está chovendo dinheiro em Nova York! Está chovendo dinheiro em Nova York! Está chovendo dinheiro em Nova York! Está chovendo dinheiro em Nova York! Está chovendo dinheiro em Nova York! Justiça seja feita! Está chovendo dinheiro em Nova York!

Não!

Nós estamos vivendo no apocalipse provocado por uma democracia materialista. E pra quê? Para colocar o Brasil à frente de todos os outros povos? Para que a felicidade contagiante do povo brasileiro seja uma luz para o mundo inteiro? O problema desta época é que a estupidez veste a pose do crescimento econômico, do crescimento global, do progresso, do talento, da esperança, da justiça. O capital deformou a justiça nesta época de caos materialista.

Mas vamos lá, povo de Deus! Aprimorem seus talentos! Exerçam dia após dia suas tarefas de animal cultural sensacional e se tornem especialistas nas mais diversas especialidades! Fiquem burros! Sejam idiotas! Reproduzam sempre as mesmas ideias! Sejam iguais a todos e a tudo! É fundamental ter certezas estúpidas! E assim uma impotência criativa vai tomando conta de toda uma nação, todo um povo! A felicidade do capital multiplicado gerou a incerteza do abismo econômico! O crédito se tornou dívida!

Não! Não se preocupe, povo de Deus! Jesus vai multiplicar o seu dinheiro! A felicidade da estupidez vai levar o povo de Jesus ao poder! Dinheiro!

Todos seremos iguais! Ricos e pobres! Negros, brancos e mulatinhos! Homens e mulheres! Sim! Não! Quer dizer, vamos manter uma diferença necessária entre homens e mulheres, em nome da pureza, contra os maus pensamentos! Homens poderão ir à praia sem sutiã e as mulheres não! Mas é só isso. No resto, homens e mulheres serão iguais! Igualdade total! Todos iguais! A estética do igual, do mesmo, do inócuo, ocupando os palcos, as universidades, as repartições! Tudo! Tudo! Vamos ocupar tudo!

Arena ou MDB? Todos iguais! Não há uma terceira margem neste rio sem fim! Não existe a margem do sonho. Há apenas a medíocre dialética materialista! Pelo amor de Deus, parem de sonhar com a imaginação no poder! Não vai rolar, não vai rolar. Sim! Não! Vai rolar apenas a pedra de Sísifo sobre nossas cabeças! Não! De jeito nenhum! A massa igualitária resiste. Uma resistência contra o desconhecido, que é a resistência contra a originalidade. Só pode ser original aquilo que é desconhecido. É ou não é? Hein, meu povo? É ou não é?!

Fiquem tranquilos, companheiras e brasileiros! Vocês, povo, não precisam de profundidade, mas de rapidez, leveza, gratidão ao serem recompensados com os afagos do pensamento médio de uma espécie animal medíocre que se acha importante demais.

Não se preocupe, você aí. Você vai vencer! Basta manter sua estupidez à vista de todos. Sim! Para serem considerados inteligentes, e justos, os idiotas fingem ser ainda mais idiotas do que são na verdade. É uma questão de sobrevivência social, profissional e principalmente artística. O capital está sempre pronto para premiar a estupidez! Vamos fazer justiça estuprando estupradores! E o indivíduo único, singular, que pensa por si próprio, será obrigado a fingir-se de morto e dizer apenas aquilo que é a média do pensamento de toda uma massa de gente estúpida. Não são mais necessárias a aristocracia ou a burguesia para oprimir o proletariado. O próprio proletariado cumpre bem a missão de oprimir a si mesmo. Vamos nos enquadrar a uma justa mediocridade para ganhar a proteção do partido, da nação, da nossa corrente artística. No lugar do "eu", poderemos dizer "nós", nivelar as relações, facilitar a autoestima e manter uma temperatura média nas relações humanas. Podemos fazer em grupo tudo o que nos é proibido como indivíduos. Um embrutecimento individual que faz crescer as nações, os Estados e os grupos ideológicos.

Eu tinha tanta coisa a dizer pra vocês.

Da estupidez nasce a paz. Do pensamento brota a violência. Violência!

E sabe de quem é a culpa?

A culpa é toda do direitos humanos que vem aqui pra se meter no Brasil e não cuida dos problemas deles mesmos, desses países que se acha. Porque lá todo mundo faz o que quer, faz terrorismo, fuma drogas, anda pelado com os seios de fora e até faz sexo com homens do mesmo sexo. O direitos humanos vem aqui e quer soltar tudo que é bandido, não quer que ninguém vá pra pena de morte. O direitos humanos não quer que o cidadão de bem tenha a própria arma pra se defender contra as drogas, mas deixa essas meninas usar shortinho pra fazer sexo e aí os tarados vêm e estupram elas e o direitos humanos quer deixar elas usarem esses shortinho. Claro que os tarados vão estuprar. Quer o quê? O direitos humanos acha que não tem nada de mais usar shortinho. Mas ele não leva em consideração que esses tarados que estupram também ficam vendo as meninas aí andando praticamente indecentes, de shortinho, umas até de seios de fora. E ninguém é de ferro. Não que é certo fazer estupro, mas o direitos humanos tem que entender também que essas meninas ficam provocando, imitando tudo que aparece na novela, que tem cada vez mais essas cenas de sexo em plena novela das oito. E as crianças ficam vendo porque o direitos humanos diz que criança pode tudo. Aí, quando vem um bandido e pega o seu carro no farol e dá um tiro na sua cara, você que é um cidadão de bem, com a sua família, o que é que acontece? Vem o direitos humanos e protege os bandidos e quer que a gente que é homens de bem, que não temos direitos humanos nenhum, fique quieto vendo os estupradores todos levando boa vida lá na cadeia, comendo comida que a gente paga e até levando mulher lá pra dentro, pra fazer sexo.

Aqui no Brasil, tem essa mania de achar que estrangeiro é melhor. Brasileiro fica imitando essas coisas que vêm do estrangeiro, essas coisas de ficar com os seios de fora, de fumar drogas, de aparecer todo mundo pelado na televisão. Ninguém tem respeito pelas coisas que são nossas de verdade, as nossas tradições. Brasileiro não precisa nada desses gringos. Esses gringos é que fazem esses terrorismos. Pode ver que aqui no Brasil não tem terrorismo, não tem terremoto, nem nada disso. Porque aqui todo mundo que vem é bem tratado e o pessoal até puxa saco de gringo. Em troca, os gringos ficam dizendo que aqui no Brasil é perigoso, que não pode passar férias no Guarujá, que aqui só tem bandido. Eu só sei é que no Guarujá nunca teve terremoto, nem vulcão. Isso tudo é coisa desses gringos que, ao invés de cuidar dos assuntos deles, ficam é se metendo nos nossos problemas aqui do Brasil.

Sabe o que que é que tá faltando?!

Falta é vergonha na cara!

Sabe o que é o indivíduo?

Um conglomerado doido de carbono e água, cheio de pretensões existenciais!

O indivíduo é cheio dessas viagagem: sonho de consumo, qualidade de vida, segurança para nossos filhos e netos, essas porra.

Mas o povo não! O povo não! O povo, junto, unido, jamais vencido, tem é que ralar, tem é que se foder!

Sabe o que que o Karl Marx disse?

O Karl Marx disse que "para desenvolver sua energia revolucionária, a fim de sentir claramente sua posição hostil em relação a todos os outros elementos da sociedade, a fim de se concentrar como classe, os proletários deveriam começar se despindo de tudo o que poderia conciliá-los com a ordem social existente, negar-se até mesmo os menores prazeres que poderiam vir a tornar sua posição de oprimidos tolerável por um momento e dos quais nem mesmo a mais forte pressão pode privá-los".

Viu? Viu o Karl Marx? A revolução só acontece quando a vida na sociedade vigente se torna insuportável.

Aí, ô povo:

Vá se foder, povo!

Mas não se esqueçam de botar a camisinha! Bota a camisinha! Bota a camisinha!

Ô Ô Ô! Ô Ô Ô!

E você tem que ver que o Karl Marx, quando pensou aquelas porra toda lá dele, a humanidade ainda não conhecia o Freud, o inconsciente, os milhões de santos e demônios que habitam cada alma humana. Karl Marx, meio ingênuo, não sabia que, no inconsciente de cada ser proletário, habita o egoísmo, o complexo de Édipo — o proletário lá, querendo a mãe só pra ele, não querendo dividir a mãe nem com o próprio pai, muito menos com seus coleguinhas de fábrica, aqueles caras todos sujos de carvão, fedendo a sovaco mal lavado.

O proletariado é meio burro.

O proletariado quer é fazer sexo! Uns animais! O povo quer é ficar se esfregando, no Carnaval, em Salvador. Não! A gente não pode simplesmente ir lá e já ir se esfregando com outra pessoa, só porque sentiu, inconscientemente, o cheiro dos hormônios dela. Não! Pra se esfregar num colega de espécie, antes você tem que tomar vinhozinho, passear num bosque florido, ouvir a música da novela, torturar virgens raptadas na tribo inimiga, ganhar capital, escrever o *Fausto* do Goethe, inventar a dodecafonia do Adrian Leverkühn, comer o fruto proibido, vender a alma para algum tipo de demônio. Era assim. Mas não é mais. Agora é só pegar as menina de shortinho. Elas trepa sem o menor sentimento de culpa, sem nenhum temor a Deus.

Mas eu estava falando mesmo é do indivíduo. Esse sujeitinho nascido apenas para servir de fertilizante a indivíduos futuros, banco genético para a construção de indivíduos tão ridículos e fedorentos como ele mesmo, o indivíduo, que vai ficar tão desesperado inconscientemente, tão histérico, com tanta vontade de ser mais que água, carbono e cocô, que vai acabar virando artista de teatro, compositor de música dodecafônica, líder de um movimento revolucionário, vai ser papa, vai inventar a bomba atômica.

Eu sou o indivíduo mais importante que existe!

Deus!

Deus não!

Eu sou o Super-Homem do Nietzsche!

Individualismo! Narcisismo! Viadagem! Autocrítica a favor! Excesso de autoestima! Vaidade! Eu tenho medo da morte.

Gosto de Deus. Deus é bom. Foi Deus quem fez você. Foi Deus quem fez aquela ilha. Deus fez a ilha e fez os cocos do coqueiro da ilha que ele fez. Deus é bom. Foi Deus quem fez a minha irmãzinha. Gosto da minha irmãzinha. Minha irmãzinha é legal. Minha irmãzinha gosta de Deus. Deus é legal. Minha irmãzinha é legal porque gosta de Deus. Minha irmãzinha gosta de bifes. Minha irmãzinha gosta de Deus. Minha irmãzinha gosta de bifes e de Deus. Gosto da minha irmãzinha que gosta de bifes e de Deus. Foi Deus quem fez as vacas. Eu e minha irmãzinha gostamos de comer vacas. Eu e minha irmãzinha somos bons. Eu sou bom porque raciocino. Eu sou bom porque gosto de Deus. As vacas não são boas. As vacas não raciocinam. As vacas não gostam de Deus. Eu e minha irmãzinha gostamos de bifes. Eu e minha irmãzinha gostamos de Deus. Deus é bom. Deus é quentinho. Deus é brasileiro. Os brasileiros são gostosinhos. Foi Deus quem fez os brasileiros. Os brasileiros são bons. Os brasileiros não desistem nunca. Os brasileiros estão sempre sorrindo. Os brasileiros não fazem guerra. Os brasileiros têm jogo de cintura. Gosto dos brasileiros. Minha irmãzinha gosta de brasileiros. Minha irmãzinha gosta de Deus. Minha irmãzinha gosta de bifes. Gosto de Deus. Deus é bom. Gosto da minha irmãzinha que gosta de bifes, de Deus e de brasileiros. Obrigado, Deus. Deus me guie.

Falso! Deturpado! Distorcido! Uma caricatura!

Eternamente um projeto de grande nação! Selvagens ambiciosos! Penúltima das grandes potências! Hein!??!!!??

A caretice! A burrice! A maldade!

O horror! O horror!

Galáxias se expandindo e o seu corpo apodrecendo.

A genética! A psique! A cultura!

O horror!

Você vai morrer.

Foram milhares de anos para que alcançássemos a civilização dos complexos penitenciários, a justiça sem emoção, o comum acordo acerca das proibições e punições. Os tabus!

Eu tenho medo da morte.

Você vai morrer.

Precisamos ter a certeza de que nossos semelhantes temem a morte, temem a Deus! Não há mais espaço para liberdades vulgares!

Do indivíduo à expansão das galáxias. Eu, indivíduo, cercado pela família. A pátria mantendo a coesão da família. O Estado! A pátria! Ainda somos a melhor de todas as pátrias! Só nos falta pacificar os guetos onde pasta a plebe ignara!

Sim! Paz!

Não! Aos maus, a cadeira elétrica!

Sim! A cadeira elétrica para que as famílias de bem das vítimas de bem dos crimes hediondos possam assistir à execução elétrica e ter a certeza de que a justiça foi feita quando o cérebro do homem mau começar a derreter e o homem mau começar a babar uma espuma gosmenta diante da justiça! Sim!

Sim! Somos todos loucos! Foi a loucura que nos fez erguer a civilização e inventar as casas de saúde mental para que os loucos que não são loucos possam fazer com que os loucos que não se acham loucos saibam que eles, os loucos que não se acham loucos, são loucos sim.

Sim!

E educação para todos! Escola para todos!

Sim! Vamos continuar reduzindo todo o conhecimento humano a uma pequena quantidade de conceitos facilmente digeríveis por uma grande quantidade de pessoas, com o objetivo de edificar um raciocínio uniforme entre o máximo possível de humanos, para que eles pensem exatamente os mesmos pensamentos. Assim, vamos separar o joio do trigo, os educados dos perdidos, uma divisória clara, como uma grande prisão que separa os bons dos maus, isolando as pessoas de comportamento transgressor às regras de convivência social estabelecidas das pessoas adaptadas e obedientes às regras de convivência social estabelecidas.

Divisórias!

A civilização nascendo pela força do Estado, mantendo coerente, petrificada e unificada a cultura de um grupo delimitado de humanos diferentes, para que esses humanos não sejam tão diferentes assim uns dos outros. O Estado!

Sim! Cultura!

Para que o renascimento da pátria seja possível, é preciso antes reconhecer o fracasso do projeto a ser superado. É preciso praticar novas ações para um novo espírito humano!

Sim! O novo espírito humano. Agora, neste momento, ele está no meio de nós. Bem no meio de nós. Jesus! Não! Sim! Jesus! E ele está aqui pra botar muito dinheiro no seu negócio! Porque você sabe! Sim! Sabe. Dinheiro é a coisa mais importante que existe! Não! Dinheiro não é a coisa mais importante que existe. O dinheiro é a segunda coisa mais importante que existe! A coisa mais importante que existe é Deus. Mas a coisa que Deus mais gosta é dinheiro. Não! Sim! Sim! Dinheiro! Quando você entregar seu coração a Jesus, amém, Jesus vai dar muito dinheiro para você, para o seu negócio. Dinheiro! O negócio de Deus! Amém, gente. E você, agora, nesta hora sagrada, está convidado a participar do negócio de Deus, de umas parada que rola pela mão de Deus, umas parada de dinheiro viabilizadas por Deus. Mas, para fazer parte dessas parada que vai modificar a sua vida, que vai lavar a sua alma, que vai lavar a sua égua, uma parada altamente espiritualizada, você tem que investir os seus investimento nos investimento disponibilizados pelo Reino do Senhor! E concorra a milhares de prêmios! Você tem que colocar os seus bem ao dispor do Senhor Jesus. Pode investir em Jesus, de boa, porque, em muito pouco tempo, a coisa mais importante que existe, a coisa mais importante que existe depois do Senhor Jesus, que é o próprio Deus, o dinheiro, o dinheiro vai entrar tudo no seu fundo, na sua poupança, day after day, night and day, overnight, God is so good! So God! God is Money! Alô, alô, Rio de Janeiro, Bahia de São Salvador! No mato, tatu caminha dentro?! Quem quer dinheiro? Vocês querem bacalhau?

Sim! Não! Não! Não é bem assim! Não é só olhar para o céu e esperar que chova dinheiro. Sim! Não! O único lugar onde chove dinheiro é Nova York, a cidade que Deus mais gosta! Está chovendo dinheiro em Nova York! Aqui, você, vocês aí embaixo, ainda têm que se purificar. Você tem muita coisa para purificar na sua vida! Pois só os puros terão suas poupanças beneficiadas pelo puro poder do dinheiro de Deus! Antes de usufruir do pão compartilhado e receber sua parte do ouro dividido com os seus irmãos filhos de Deus, você tem que fazer a sua parte, que é tirar a macumbaria, a maconharia, a viadagem e o topless da sua vida. Definitivamente! Você tem que esmagar esse desejo que você tem de usar o aparelho excretor para fazer sexo com outros homens do mesmo sexo. Mas não! Sim! Não! Você acha que basta largar o demônio da viadagem que levou o homossexualismo para dentro da sua alma e já acha que já pode ganhar o dinheiro que Deus oferece pra quem entrega seus corações a Jesus? Deus Jesus?! Sim? Não!

E sabe por que que não adianta nada a sua castidade, os seus escrúpulos morais? Porque você pode até parar de usar o aparelho excretor para fazer sexo nojento com homens do mesmo sexo, mas, lá dentro da sua alma, do seu inconsciente pederasta, a viadagem vai continuar lá. Você, lá, lutando contra aquela vontade imunda de fazer brincadeirinhas com o seu aparelho excretor, na maior neura! Neurótico! Ou então, se o seu problema não é a viadagem mas é as drogas, a mesma coisa! A virtude não é não usar drogas. A virtude é não ter vontade de usar drogas. E você, meu anjo, meu amigo, meu irmão, que é um maconheirozinho de merda, lento e risonho, mesmo que pare de usar substâncias estupefacientes na sua vida, jamais vai se livrar daquela necessidade de something que há no seu inconsciente emaconhado.

Deus tudo vê. Deus tudo sabe. Não é possível enganar Deus. Deus mora na sua alma mais profunda e está vendo muito bem a depravação que se passa na sua mente. Ele sabe muito bem que, por detrás dessa sua pose boazinha de crente, tu, no fundo, quer mesmo é brincar com o aparelho excretor! Quer mesmo é se levantar daqui agora, sair desta casa abençoada de Deus e ir para casa fazer sexo! Sexo anal! É ou não é, mané? E sabe o que Deus pensa de verdade sobre homens que fazem sexo com homens do mesmo sexo, sobre mulher que bota aranha pra brigar? Nada! Sim! Não! Sim! Absolutamente nada! Você não precisa se reprimir, meus irmão, minhas irmã! Você não é obrigado a sofrer aqui na Terra, não precisa abrir mão daquilo que te dá prazer. No dia do Juízo Final, Deus, Jesus, vai julgar você, não pelo sacrifício que você fez, não pelo martírio que atravessou, não pela repressão do seu superego a essa sua vontade degradante de dar o cu, mas pelo tamanho da sua oferta, pelo valor da sua oferenda. Jesus quer apenas o seu dinheiro. Jesus adora dinheiro. Se você der o seu dinheiro a Jesus, você estará livre para cometer os seus pecadinhos. Tem que se arrepender depois, mas o mais importante para Jesus, Deus, é o dinheiro. Se você diz a Deus que está arrependido dos seus pecados, da sua viadagem, da sua maconharia, Deus perdoa, Deus perdoa. Deus perdoa tudo, só não perdoa você não dar dinheiro pra ele, pra Jesus.

Porque a divina parada funciona assim: Quando você se livra do seu dinheiro, que é um negócio sujo, dando o seu dinheiro sujo para Jesus, Jesus lava o seu dinheiro na santa lavanderia de dinheiro do Paraíso divino. E o seu dinheiro vai ficar limpo, vai ficar lavadinho, sem impostos, já que Jesus, Deus, não paga impostos, porque o dinheiro de Deus, que logo também será o seu dinheiro, é um dinheiro altamente espiritualizado. E eu que aqui estou, para divulgar a lavanderia do Senhor Jesus, estou na verdade é fazendo um favor a você, ajudando você a se desapegar dos bens materiais que desviam o homem do verdadeiro caminho do Senhor Jesus. É Deus que está fazendo eu acabar com o seu dinheiro, com o seu apego ao dinheiro. Você não deveria amar tanto o seu dinheiro. Você só pode amar Jesus. E, para provar o seu amor a Deus, você tem que dar o seu dinheiro pra ele, através das minhas mãos limpas. Simples! Você deposita o seu dinheiro na minha conta, que é a verdadeira conta bancária do Nosso Senhor Jesus Cristo, anota aí: Você vai ficar um tempinho sem dinheiro, um tempinho duro, só dando, só dando, só dando sem receber, até Deus começar a devolver o seu dinheiro em dobro, até Deus providenciar os divinos dividendos do seu investimento. Talvez você esteja passando por dificuldades financeiras neste momento difícil de crise que o nosso Brasil atravessa por causa dos comunistas, mas, investindo nos investimento de Cristo, logo você vai encher o rabo de dinheiro! Divina grana abençoada! Sim! Não! Não se preocupe com os investimentos iniciais que você tem que investir no Senhor Jesus! Para começar, qualquer dinheirinho serve, desde que seja dinheiro, a coisa mais importante criada por Deus. A coisa mais importante que existe! Se você não pode doar a Deus muito dinheiro agora, já que estamos todos passando por uma crise financeira promovida pelos comunistas, você pode começar a ofertar ao Senhor Jesus a partir de pequenas quantias. Duzentos real, por exemplo! Já é um bom começo. Você pode depositar duzentos real na nossa conta, na conta do Senhor Jesus, todo mês, amém, gente. Você vai ver. Sim! Logo, logo, Deus vai trazer mais dinheiro pra sua vida. Sabe por quê? Porque Deus vai ajudar você a ganhar mais dinheiro pra você poder dar mais dinheiro ainda pra Jesus. O seu investimento em Deus vai aumentando e Deus vai te dando cada vez mais dinheiro e você vai dando cada vez mais dinheiro pra Deus. Mas é importante que você comece já. Você tem que fazer um débito automático, porque o diabo sempre vai tentar você a não pagar o dinheiro que deve ao Senhor Jesus. O diabo detesta o débito automático porque, assim, com o débito automático, Deus recebe logo o seu dinheiro e pode fazer o bem na sua vida todo mês. Se você quiser me dar o dinheiro da primeira parcela, pode dar, que eu abro o débito automático pra você. Você só precisa me passar o número do seu CPF. Tenham fé, meus irmão, minhas irmã. Acreditem. Entreguem seu coração a Jesus, que Deus vai encher a sua vida de dinheiro. E a grande promoção do Senhor Jesus não para por aqui! Por apenas quarenta real você pode levar também esta toalha suada com o suor de Jesus que está brotando pelas minhas axilas, em nome do Senhor, amém, gente. O suor de Deus é pra você, meu irmão. Jesus me disse que o meu suor estará para sempre abençoado por Deus. Custa quarenta real. Você pode me pagar na próxima, já que hoje você está meio negativado por causa da crise econômica dos comunistas emaconhados que fazem sexo com homens do mesmo sexo.

Meus irmão, minhas irmã, minhas senhoras, meus senhores, brasileiros e brasileiras! Eu sei bem que todos vocês aqui agora ia preferir estar na casa de vocês, fazendo sexo, se esfregando uns nos outros, se lambendo, se chupando, se fodendo, fazendo sexo anal, usando o aparelho excretor de vocês para fazer sexo. Porém, graças a Jesus, amém, gente, vocês preferiram vir aqui, ouvir a palavra de Deus, as palavra que Deus está me ditando aqui no meu cérebro, na minha mente, dentro da minha cabeça, na minha alma! É hora de vocês largar de viadagem, largar de pensar em obter prazer através do aparelho excretor, para pensar nas coisas realmente importantes dessa vida, que é Deus, e que é o dinheiro. Sim! Não! Sim! O dinheiro! Vamos bater os pé! Vamos bater as mão! Ô Ô Ô! Ô Ô Ô! O dinheiro vem aí! O dinheiro vem aí!

Jesus vai botar dinheiro no seu negócio! Jesus vai botar dinheiro no seu negócio! Jesus vai botar dinheiro no seu negócio!

Dinheiro é luz! Dinheiro é amor! Dinheiro é Jesus!

Dinheiro é Brasil!

Brasil il il il il il il il il il il il!!!!!!!!!!!!!!!!!!!!!!!!

Tropical! Antropofágico! Novo! Etc.! Etc.! Sensacional! Simonal! Florestas! Rios! Passarinhos! Macaquinhos! Peixinhos! Jararacuçu! Jacaré!

Pô.

Brasileiras e Brasileiros! Não vai rolar o Socialismo! Não vai rolar a parada de tudo ser bem comum, os croc-chips-bits-burgers serem bem comum, com todo mundo produzindo igualzinho para o bem comum, até que a sociedade, a nível de todos juntos, cresça todo mundo junto ao mesmo tempo. Temos que aceitar o fim, aceitar a solidão de Fidel Castro, morto. Morreu! Pronto, acabou-se! O povo quer é dinheiro, quer é se esfregar nas mais diversas posições diferentes, quer é croc-chips-bits-burgers. Croc-chips-bits-burgers cada vez melhores, croc-chips-bits--burgers diferenciados, a nível de Primeiro Mundo, o mundo cada vez melhor, cada vez maior a nível de dinheiro, o capital financiando a evolução da espécie humana, financiando a alta qualidade dos croc-chips-bits-burgers cada vez melhores. Porque a coisa mais importante que existe é o lucro. Dinheiro é a coisa mais importante que existe!

Sabe por quê?

Porque a competição pelo lucro, a competição para ver quem junta mais dinheiro, e dinheiro é a coisa mais importante que existe, essa competição vai fazer com que a vida dos mais fortes fique cada vez mais espetacular, globalmente interligada, repleta de croc-chips-bits-burgers, enquanto a vida dos mais fracos vai se esvaindo aos poucos, o pessoal morrendo, pegando um monte de doença nojenta, pisando em mina terrestre, sendo criança escrava, essas parada, melhorando a raça, refinando a cultura, numa seleção natural.

A espécie evolui pela seleção natural! E, desde o início da modernidade capitalista, a seleção natural se dá pelo dinheiro! Pela lucratividade! O capitalismo está melhorando a espécie humana! Os vencedores da competição pelo dinheiro, que é a coisa mais importante que existe, vão realizar seus sonhos de consumo, vão viver com mais qualidade de vida, vão construir um mundo melhor e mais gostosinho para nossos filhos e netos.

Sabe por quê?

Porque Karl Marx não durou nem um século, ficou obsoleto. Os croc-chips-bits-burgers produzidos pelos comunistas eram uma merda fabricada por mão de obra desqualificada, uma mão de obra que não tinha ambição de subir na vida para comprar uns croc-chips-bits-burgers melhores.

Fracassados!

Sim! Não!

Não! Você tem que ver que as manadas de seres humanos inferiores não foram extintas pela seleção natural e, muito pelo contrário, foram se multiplicando, fazendo muito sexo e se tornando uma espécie de outra espécie, inferior, suja, ignorante, sem educação, violenta, uma espécie de indivíduos que não têm mais nada a perder, tanto faz matar ou morrer, uma maioria cada vez maior, querendo sua parcela do dinheiro global, a coisa mais importante que existe mas que nada significa, já que o dinheiro global não tem mais aquela relação direta com os valores reais das riquezas extraídas da Terra, ou das riquezas produzidas pelo homem, e o mercado vai entrar em colapso, crises energéticas, revoluções sangrentas, juventude transviada etc., Hiroshima, Holocausto, a rendição de Nuvem Vermelha, desastre ambiental, apocalipse, Terra em Transe!

Mas o que importa mesmo é o Brasil, que, além de tropical, é sensacional!

Foi Deus quem fez o Brasil! Deus fez o rio Doce, o São Francisco, a Amazônia, a Mata Atlântica, as cachoeiras todas, fez o tuiuiú do Pantanal, oncinha, borboleta, vento, calor, diamante, chuva, João Gilberto. Foi Deus quem fez o Ary Barroso e o Dorival Caymmi. Energia! Luz! Terceira Via! Terceira Margem! Margem do sonho? Núcleo atômico de todas as culturas! Nova civilização! Gigante a despertar! Celeiro! Farmacopeia! Pulmão!

Mas não!!!!!!!!!!!!

Automóveis negros com vidro fumê! A indústria automobilística financiando o espetáculo do crescimento, gerando empregos para o povo, para o proletariado. Alta tecnologia! Alta velocidade! Nada vai nos deter! Povo! Vamos lá, povo! Vamos lá, em alta velocidade, alta tecnologia premium! Acabou-se, finalmente, definitivamente, o tempo das carroças! Som! Fúria! Alto-falantes altíssimos encobrindo o som do mar quando quebra na praia. Bonito! Mais conforto para o povo! Na praia! Todas as praias iguais com aqueles guarda-sóis amarelos da cerveja. Beba cerveja e coma umas bunda! No Carnaval! Em Salvador! Alô, meu Rio de Janeiro! Sexo! Você tem que fazer sexo neste Carnaval! Faça sexo! Vamos foder! Mas use a camisinha!

Use a camisinha! Faça a sua parte e garanta o futuro de nossos filhos e netos! Use o filtro solar! Vamos combater o mosquito da dengue! Diga não às drogas! Vacinas para o povo! Vamos plantar! Vamos tornar a nossa terra abençoada — Brasil!!! Ô Ô Ô — uma terra ainda mais produtiva, produzindo mais dinheiro para o povo! Mais trabalho para o homem do campo! Mais trabalho para os que mais precisam, no campo! Sim! Mais cultura para o povo! Monocultura para o povo! Monocultura de soja para o povo! Monocultura de açúcar/diesel para o povo! Commodities! Alta lucratividade! Alta produção de commodities para garantir o crescimento da nação! Viva o povo crescendo sem parar! Capim para alimentar a picanha nobre da classe alta baixa, gerando emprego e renda para a classe baixa alta comprar croc-chips-bits-burgers de altíssima baixa qualidade! O povo comprando e vendendo dinheiro, que é a coisa mais importante que existe! Sim! Nós vamos baixar a sua taxa de juros! Vai um dinheiro emprestado aí? Automóveis de Primeiro Mundo para o povo! O povo indo à praia, no litoral do Dorival Caymmi, que bonito!, bebendo a cerveja daquela mulher que tem aquela bunda, aquele rabo!, na televisão, o alto-falante tocando aquela música da garrafa que entra no cu daquele cara com aquela barriga, todo suado, fedendo, dançando com aquela mulher dele, toda suada, bêbada, com uma espuminha branca no canto da boca, uma espinha enorme e purulenta na bunda, aquela bunda que é pura desmaterialização da arte, aquele casal que, depois da praia, vai praquela pousadinha the best, comer casquinha de siri com caipirinha de kiwi e depois fazer sexo com aquelas bundas, aquelas barrigas e aquele cheiro de ovo misturado com o cheiro do bafo das caipirinhas e das iscas de peixe com molho rosé. Espetáculo do crescimento!

Sim! Depois da crise econômica provocada pelos comunistas emaconhados, que nem falar português direito falam, esses comunistas sem educação, chegou a hora de voltarmos a ser pelo menos o sexto país do mundo na produção de croc-chips-bits-burgers. E os brasileiros vão poder sair por aí comprando croc-chips-bits-burgers que nem doido, comendo croc-chips-bits-burgers de altíssima baixa qualidade. Brasileiras e brasileiros comendo cocô, pagando caro e achando gostoso. A Classe Baixa Alta e a Classe Alta Baixa emporcalhando tudo. Tudo!

Eu quero uma cadeira no Conselho de Segurança da ONU! Eu mereço uma cadeira no Conselho de Segurança da ONU! Eu exijo uma cadeira no Conselho de Segurança da ONU!

Eu estou entrando no Primeiro Mundo! Eu quero entrar no Primeiro Mundo! Está chovendo dinheiro no Primeiro Mundo!

O futuro do planeta, da humanidade, de nossos filhos e netos está em minhas mão! Eu tenho responsabilidades nesta luta pela liberdade! Eu sou muito importante! Eu sou um líder! Eu sou foda! Eu vou cuidar de você! Eu vou cuidar dos que mais precisam! Eu vou lutar para garantir a sua liberdade! A sua liberdade de obter alta lucratividade pela força do trabalho! A luta pela liberdade é um valor sagrado da civilização que justifica o uso da força, que justifica até mesmo a violência. Violência contra os maus que tentam impedir o seu direito de ir e vir com o seu cartão de crédito. Sem pagamento de anuidade! Compre! Vocês têm direito à liberdade de ir e vir de lugar nenhum para parte alguma. O problema é meu. Quem decide sou eu. O futuro do planeta, o futuro de nossos filhos e netos está em minhas mão! Eu quero o céu, o sol e o mar! Eu quero a beleza morena da mulher brasileira! Eu quero o Rio de Janeiro! Eu sou um homem de gravata lançado ao sacrifício no comando desta luta! O poder maior! O poder da força! A violência do poder!

Mas vejam como reage o povo! Mesmo depois de todos os croc-chips-bits-burgers que fornecemos ao povo, eles ainda têm fome. A ganância pelos croc-chips-bits-burgers veste a pose da fome. Mas o povo não pode continuar sendo o dono da fome! Temos que acabar de vez com os proprietários da fome. A fome é de todos! Todos têm direito à fome. Todos têm o direito de exercer a violência pela fome! Chegou a hora de democratizar a fome! Mais fome para os que mais precisam! Só a violência causada pela fome pode derrubar as tiranias! Só os que sofrem muito serão capazes de realizar a verdadeira revolução! Lembra o que o Karl Marx disse? O povo tem que se foder muito para se libertar.

Vá se foder, povo! Mas bota a camisinha!

Eu não tenho medo da violência dos famintos!

Sim! O dia há de chegar! A História vai beneficiar os puros, os limpos, aquelas meninas com aquelas gotículas de água e suor deslizando pelo corpo, puras, no Arpoador. Ainda vamos assistir ao triunfo da pureza sobre a feiura dos miseráveis meio burros da classe baixa alta, que vai voltar a ser aquela classezinha baixíssima dos comedores de calango! Gente animal!

Os desprivilegiados do povo, desprivilegiadíssimos, não entendem o significado de nada. Ninguém entende nada, ninguém sabe de nada. Os cidadãos estão perdendo a capacidade de ligar os fatos, de entender as ideias por trás dos fatos. Povo burro! Eles. Não tem importância. Nada que esse povo burro faça tem a menor importância. O que importa é o dinheiro. Nem de Deus vamos precisar mais quando eliminarmos os incompetentes do intelecto de nosso meio ambiente. Sei lá. Cada um com seu deus. Sei lá. Cada um com seu deus.

Cada um com seus pobrema e por favor não me fale sobre os seus. É isso. Sou um homem público liberal de gravata. Um bom homem de gravata!

A nível da liderança em que me encontro, eu sei que estamos passando por um período muito difícil no que diz respeito à disponibilidade de lazer, esportes, educação e cultura para as camadas mais piores da população, compostas por negros assassinos, crianças assassinas, mulheres bundudas, ONGs de playboys maconheiros, gente usando camisa vermelha, índios vagabundos, esses troços, essa gente sem recursos financeiros que tem recorrido à beleza gratuita das praias, do céu, do sol e do mar de nosso território até pouco tempo livre, para buscar o lazer primitivo e bárbaro que tanto tem nos incomodado, nesta era de democracia social! Só você pode evitar que os cidadãos da classe baixa alta, caindo das alturas, por culpa dos comunistas incompetentes, do nosso flácido proletariado recém-arrancado do poder, acabem voltando a ser uma segunda classe horrorosa, terceira, quarta classe, sem qualquer condição de raciocínio algum, fedendo, fumando crack, aqueles moleques debochados, esses moleques sem respeito à família, que não sabem nem falar direito, essas mulheres pretas gordas, que são pobres, que reclamam de tudo, que têm fome e ao mesmo tempo têm essas barrigas pelancudas, essas bundas todas deformadas, com micose, com espinhas pustulentas, gordura, uns pneus flácidos ao redor do umbigo, doenças asquerosas sendo transmitidas pelo sexo e esses caras, de classe baixíssima, baixíssimo nível estético, ocupando todos os espaços, sujando tudo, atacando pessoas de bem, protegidos pelo safado do direitos humanos que nós, cidadãos de bem, governantes de bem, policiais honestos de bem que não merecem ser hostilizados pela população de bem por causa de uma pequena minoria, uma minoria minúscula, ínfima, de maus policiais, nós que não temos direitos humanos nenhum, porque o safado do direitos humanos só serve pra soltar bandido da cadeia e impedir que nós, homens de bem, possamos dar choque elétrico no saco deles — desse bando de menores que já têm a idade ideal para serem estuprados por homens de bem até que os intestinos desses menores filhos da puta pretos saiam de dentro desses bandidinhos peçonhentos pelo orifício anal. Sim! Por culpa do safado do direitos humanos, você não pode reunir um grupo de amigos de bem para produzir a verdadeira e bela estética da violência, chutando em grupo as cabeças desses pequenos demônios arruaceiros, vândalos, traficantes, até que saiam pedaços de cérebro pela orelha deles.

O futuro de nossos filhos e netos só depende de você!

Porque você é puro, você é belo, você não desiste nunca, você é brasileiro e o brasileiro é foda. Se você hoje passa por momentos de dificuldade, se você agora é refém de uma política econômica que beneficia altas empresas, empreiteiras gigantes comunistas, e pune homens de bem como você, que trabalhou duro a vida inteira, o suor, a família superando todos os obstáculos, cada dia nascendo novo em cada amanhecer, os seus sonhos de croc-chips-bits-burgers se evaporando numa velocidade incrível, a cirurgia plástica da sua mulher se esgarçando e deformando as bochechas, a culpa é deles, os inferiores, os ratos de esgoto da Polônia.

Ah! O país mais lindo do mundo! O povo mais criativo do universo! Nós jamais deixaremos que os piores transformem nosso universo num grande Gueto de Varsóvia pardo, negro, de pele ruim. Nós seremos Nova York, onde chove dinheiro. Sim, nós vamos detê-los, os pardos. Eles que agora querem atravessar livres de norte a sul, de leste a oeste, com a aba do boné virada pra trás e chinelo, todo o território da sua cidade maravilhosa, querem disputar com você os croc-chips-bits--burgers em meio ao espetáculo do crescimento. Eles querem impedir você de realizar o seu ir e vir de lugar nenhum para parte alguma, tomando de você até aquela nota de dois real que estava no bolso do seu shorts. Dois real! Tem gente matando por dois real! Dois real!

Rio de Janeiro ao molho pardo!

Mas agora chegou a hora de dizer basta. Basta! Diga basta! Vamos. Diga basta junto comigo, o seu líder, o seu prefeito, o seu formador de opinião, a sua segurança de um futuro melhor! Vamos comigo, três vezes: Basta! Basta! Basta!

Não há espaço para todos serem livres ao mesmo tempo. Você tem que fazer por merecer a sua liberdade, ocupar espaços, expulsar a concorrência inferior do seu bioma, adaptar o meio ambiente à sua espécie dominante, à sua raça superior.

Você é um cidadão de bem e tem o dever de defender a pureza livre de nossa comunidade, o nosso sol, o nosso céu, o nosso mar, as gotas de água do mar escorrendo pela pele de nossas meninas limpinhas. Aos nossos: a beleza do céu, do mar e das meninas molhadas. Para os pardos, a civilização! Sim! Você tem direito a uma arma para se defender dos pardos armados que querem acabar com a pureza da sua filha, da sua esposa sem pelancas. Vá! Sim! Defenda-se! Estamos juntos! Juntos chegaremos lá! No horizonte há uma luz brilhando! A esperança que já vai chegar! Libere o seu inconsciente fascista! Diga sim à violência do bem!

Nós já estamos carecas de saber que só se conquista a paz pela morte. A morte que é o eterno descanso, a eterna paz! Você vai levar a morte para eles, índios vagabundos, menores assassinos que se recusam a ser pacificados, mas serão pacificados, sim, por nós, pelo uso pacífico da força. Sem chorumelas, sem hipocrisia. Os croc-chips-bits-burgers não vão dar mesmo pra todo mundo e é melhor que sobrevivam os belos, os puros, os fortes, os melhores, os bons. Assim é a lei da natureza. Assim é a lei dos animais superiores. Entre o fraco e o forte, sobrevive o forte. E você é o animal mais forte! Abata a sua presa, antes que ela invada o seu território. Faça o uso da violência legítima que a sua superioridade natural permite e garanta a sobrevivência da civilização que erguemos, da nossa cultura colorida, dos nossos croc-chips-bits-burgers que continuarão sendo os pilares do inesgotável crescimento de nosso Produto Interno Bruto.

Commodities!

Croc-chips-bits-burgers transgênicos! O homem de bem e sua arma!

E basta!

Sim! Não! É sim! É! Se não tivéssemos exercido a força, o poder superior de nossa superioridade, teríamos sido devorados pelos tupinambás, gorilas antropófagos sem Deus!

Macunaíma dançaria sobre nossas cabeças! Urubus cagando sobre nossas cabeças!

É pra frente que se anda, macacada! O Brasil que seria terceira margem está morrendo! Sim! Graças a Deus!

Sim! Está! Estamos mesmo morrendo! O Cristo vivo morreu! Viva o Cristo morto, ensanguentado!

Não! Sim! A estupidez continua vencendo! Da fome/violência não vai nascer a revolução!

O triunfo definitivo da burrice! É nóis!

É nóis mantendo nossa tendência histórica de trocar tudo o que é bom por croc-chips-bits-burgers descartáveis, e perseguir o tempo todo, a todo custo, naquela angústia, a própria extinção. O Brasil no desenvolvimento de uma cultura suicida! Exportação de commodities agropecuárias! Ainda o subdesenvolvimento!

Não! O amor! Um povo cheio de amor pra dar!

Não! De jeito nenhum! Dinheiro é muito mais importante do que amor!

Vejam bem o nosso santo Padre Anchieta, santo soldado da santa Companhia de Jesus! Anchieta não enxergou o Cristo entre os tupinambás que viviam neste litoral do Dorival Caymmi. Meio burro o Anchieta. Daí que, sabiamente, nosso poeta soldado da fé, tentando incutir o amor cristão no coração das bestas selvagens, indolentes e antropófagas, fazia teatrinho com as indiazinhas safadinhas e gostosinhas, nas areias de Iperoig, com historinhas sobre Jesuscristinho, um teatro impregnado de pecados, o educador jesuíta transformando anjos em pecadores, matando o verdadeiro amor cristão sem igreja dos tupinambás, tá tudo lá escrito nos Evangelhos, o pão repartido, o desapego material, a ausência de pecado de quem não havia ainda provado frutos proibidos — trabalho! dinheiro! E o amor era livre e o mar que quebrava na praia era bonito, era bonito. A violência antropofágica como gesto de amor, ter o inimigo amado no sangue, nas tripas, na alma forte, múltipla de amores, ideias esquisitas, memórias quânticas digeridas — memórias antropofágicas.

Otários! Tupinambás otários! Os tupinambás, lá, tirando onda de artista, os cara lá, se chacoalhando em volta do fogo, cantando aqueles sons muito loucos, e os bichos-preguiça, os papagaios, os macacos, os vaga-lumes, os caranguejos etc. e tal e a Gal. Gal tropical etc. e tal. Aí foi sensacional quando apareceram aqueles franceses todos peludos, trazendo aquelas coisas todas muito loucas, aquela tecnologia a nível de Primeiro Mundo! Canhões! Uma experiência revolucionária esse encontro dos franceses com os tupinambás sob a serra do Mar, a Mata Atlântica total, trópico de Capricórnio, amor livre, indolência criativa, essas porra, milhões de estrelas no céu, lua sensacional, insetos, muitos insetos, pássaros da noite, Urutau, Mãe-da-Lua sensacional, encontro interplanetário, big bang de nova cultura, esse encontro.

Muito louco o encontro dos tupinambás com os franceses peludos!

Mas os franceses peludos, esses que vieram pro Brasil e fizeram amizade com os antropófagos antropofágicos, estavam pouco se lixando pra que deus os tupinambás oravam, e só queriam saber mesmo é de dinheiro, que é a coisa mais importante que existe, e eles, os franceses, então, foram logo de papo reto, me dá isso que eu te dou aquilo.

Pronto! Façamos l'amour.

Não!

Os portugueses peludos chegaram no Brasil e o rei de Portugal autorizou a escravização indiscriminada dos índios todos, e cinco chefes tupinambás — Cunhambebe, Aimberê, Pindobuçu, Araraí e Coaquira — fizeram a Confederação dos Tamoios para enfrentar os portugueses e resgatar os índios escravizados pelos portugueses, e os portugueses, percebendo que perderiam a guerra, mandaram os padres Nóbrega e Anchieta pro litoral sensacional, para firmar a Paz de Iperoig com os chefes tupinambás e fizeram uma aliança com eles, os tupinambás, e, juntos, portugueses e tupinambás, expulsaram os franceses e fizeram umas festas e os portugueses, depois que os franceses se picaram, mataram todos os tupinambás e não sobrou nenhum. Ô Ô Ô!

Ô Ô Ô! Não sobrou nenhum! Ô Ô Ô! Não sobrou nenhum!

Vamos bater os pé! Vamos bater as mão!

O povo tupinambá sumiu do mapa em 1567!

Ô Ô Ô!

A História não perdoa os fracos!

Seja feita a Seleção Natural!

A vida é assim: uma espécie sobrevivendo à outra, sobrepujando a outra, dizimando, transformando. A realidade é um jogo de sobrevivência, um reality show de sobrevivência no Cosmo! Estamos prontos para novos encontros culturais, novos extermínios, assassinato, escravidão e tortura sob o céu profundo azul anil do meu Brasil! Ô Ô Ô!

Sexo e violência! Ô Ô Ô!

Bota a camisinha aí!

Sim! Território sem Pátria! Estado sem Pátria!

Então é isso o brasileiro?!

Sim! Filho de mãe sem Deus e pai desconhecido!

Altas crises!

Virgens dos lábios de mel desvirginadas! Ubirajaras acorrentados! Carnificina! Pornografia! Traumas psíquicos! Autoextermínio inconsciente! Debilidade intelectual! Complexo de inferioridade! Pardinhos! Neguinhos! Colored people! Uma crioulada danada!

Ferida! Piolho! Coceira! Sangue! Pus! Cocô!

Eu tenho nojo do Brasil e vou para Nova York, onde está chovendo dinheiro!

Mas então: Karl Marx! É insuportável! Uma realidade absurda! Onde está o povo?!

Nada a perder!

Povo, bota a camisinha e faça já a sua revolução!

Não!

Violência! Sexo! Dinheiro!

Cultura!!!!!!!! Paraíso tropical! Gigante verde! Câmara de tortura! Palácio das luxúrias! Máquina de fazer dinheiro! Espetáculo do subdesenvolvimento!

Mão de obra grátis se tornando mão de obra barata se tornando público consumidor barato! Consumidores de croc-chips-bits-burgers baratos! Povo brasileiro!

Novo Homem! Novo Homem?

Não! Não! Não!

Pode chorar, Brasil! Chora! Chora! Chora! Ô Ô Ô!

Sim! Tínhamos muitos deuses a nos proteger! Mas eu expulsei todos eles! Só Jesus é Deus e só Ele pode dar dinheiro para o povo!

Sim! Não!

Não podemos permitir que a fome-violência do povo brasileiro se transforme em energia revolucionária! Seria o caos!

Morte! Não dá pra ficar protegendo assim tantos deuses! Temos que optar e a minha opção é pelo dinheiro! Dinheiro é a coisa mais importante que existe!

Não! Tudo é linguagem! O pensamento é linguagem!

Sim! Vamos desenvolver novas linguagens para comunicar as novas emoções dessa nossa gente nova!

Filhotinhos do mercado! Sim! Eu sou um filhote do mercado! Do dinheiro! Do ouro! Do café! Da cana-de-açúcar! Do gado! Da soja transgênica! Do biodiesel! Do Pré-Sal!

O Brasil é nosso!!!!

Ô Ô Ô!

Eu te amo, meu Brasil!

A lua sensacional no céu, o Cruzeiro do Sul no céu, um ventinho vindo do mar, o contorno dos morros iluminados pela lua sensacional, macaquinhos pulando nas árvores, sereias da Corte e da Senzala dançando ao redor etc. e tal e a Gal, tropicália real, império mulatinho, que legal! O Brasil é bom!

Sim!

Misturai-vos e multiplicai-vos, olelê, olalá, Brasil! Ô Ô Ô!

Sim! Mas, antes, a privatização total! Pra frente Brasil! Ô Ô Ô!

Vamos privatizar tudo e usufruir das mais modernas formas de produzir dinheiro, seguindo as normas econômicas do mercado internacional de dinheiro! Nova ordem mundial! Morte ao Estado! O Estado é coisa de comunista! O Estado só serve pra quem é pobre e você não quer ser pobre! É ou não é?

O mercado indica: Monocultura! Mão de obra barata! Commodities Agropecuárias! Espetáculo do subcrescimento!

Eu já tinha dito isso antes: O importante é crescer! Esqueçam de uma vez por todas para sempre essa ideia de revolução! O povo brasileiro não tem o menor know-how revolucionário! Povo burro! Selvagens primitivos! O povo não compreende a revolução! O povo não quer a revolução! Povo burro!

Quem é que vai conscientizar o proletariado brasileiro? Quem quer conscientizar as crianças escravas dos latifúndios brasileiros? Quem quer conscientizar o Nordeste do rio transposto, das criancinhas mortas?

Tanto faz. Crianças descascando mandioca! Crianças com meleca escorrendo pelo nariz e umas moscas voando em volta!

Sim! Vamos vencer a crise dos comunistas! Sim! Vamos retomar o nosso enorme crescimento! Vamos crescer para caralho! Sem parar! Crescer o tempo todo sem parar! Meleca escorrendo pelo nariz!

Mas...

Sim!

Eu sei o que vocês querem, agora que o mercado negro oficial sequestrou o Estado e tem comandado todo o novo poder a nível executivo, legislativo e judiciário, e não quer saber de nhem-nhem-nhem e precisa fazer os cidadãos voltarem a consumir croc-chips-bits-burgers com mais garra para lutar e vencer e gerar capital e gerar empregos para o povo etc. e tal e a Gal tropical. Vocês querem o poder da força maior! Sim! Vocês querem uma revolução conservadora, uma tirania liberal para esmagar o proletariado obtuso, a esquerda imatura, a luta armada desarmada e os intelectuais que não têm qualquer acesso à consciência das massas. Você sabe: O povo nunca soube de nada. O povo não sabe de nada! O povo quer obedecer! O povo quer líderes! O povo exige gente que pense por ele, pelo povo! O triunfo da burrice! Mais uma vez! A vitória definitiva da burrice para nos fazer retomar o caminho do crescimento! O caminho para a obtenção de dinheiro, que é a coisa mais importante que existe! E a baía da Guanabara é um troço nojento!

Não! A violência do povo não é feita de energia revolucionária. Não! A violência do povo é apenas violência! Estamos assistindo ao triunfo da ignorância orgulhosa! Eu tenho medo.

Eu tenho medo!

O abismo que se aproxima!

Não! De jeito nenhum! O Brasil ainda há de voltar a ser respeitado em todo o mundo pelo seu soft power! Pelo poder aquisitivo da Classe Alta Baixa brasileira, devoradora de croc--chips-bits-burgers liberais!

Não! Vamos cair no precipício, para um tempo onde não há futuro.

Não há futuro!

Terra em Transe!

A estupidez no desenvolvimento econômico desta época de caos materialista sem Deus nem tupinambás. O juízo deformado pelas toxinas do crescimento. Crescer para onde? Em que direção? Esta época sem povo e sem capital!

Sim!

O povo já escolheu a burrice por livre e espontânea vontade! O povo apoia espontaneamente, democraticamente, a reprodução em série de pensamentos burros! O Brasil globalizado, impotente, paralisado por certezas estúpidas!

Sim! Eu tenho fé no Cristo multiplicador de dinheiro das Igrejas nacionais! A felicidade da estupidez no poder! O igual, o mesmo, o inócuo, ocupando as cátedras. A estupidez como característica morfológica fundamental do novo brasileiro! Tão novo e já tão morto! O pensamento monocórdio nas massas dos novos brasileiros defuntos. Educação pela pena de morte! Cultura do estupro como castigo!

Estupidez civil e institucional que vai se alastrando, se alastrando, corroendo, apodrecendo! Um deserto da consciência! Pátria precocemente envelhecida, escravizada pelo dinheiro e seu séquito indestrutível de idiotas!

Vamos cantar! Dance batendo os pé! Anexe-se ao mundo liberal do capital tropical!

Sim! Vem aí de novo uma nova ordem mundial sensacional etc. e tal!

Sim! Ainda somos analfabetos, mas não somos mais subnutridos! Nós somos gordos! Nós somos gordurosos! Fome zero para o novo povo brasileiro liberal tropical!

Nós estamos vencendo! Juntos de mãos dada, cantando a música do dia que nasce novo em cada amanhecer!

Sim! Vamos todos, cada um de nós, a nível de mercado, abrir mercado para o povo! Um banco para cada cidadão deste novo tempo! Vamos ganhar dinheiro! Vamos sonegar impostos! Vamos conversar muito! Sonegar impostos não pode ser só mais um privilégio de alguns poucos! O mercado vai selecionar os melhores da espécie e melhorar a raça! O povo que faça lá a revolução lá deles. É só olhar ao redor. Não é preciso prender, torturar, matar. Eles se matam sozinhos. Estão se tornando outra espécie animal! Você, que aqui está, batendo os pé e batendo as mão, pode ficar sabendo: a revolução é uma piada. O Socialismo é uma piada global! Não! Sim! Os comunistas brasileiros acham que os militares são o mal! Como os comunistas brasileiros são burros! Burros! Não há revoluções sem militares! Toda revolução é armada! É ou não é. Hein!?!?, ô povo!? Tô certo ou tô errado? Ou vocês acham que vão revolucionar o Brasil pelo voto? Hein!? Povo imbecil!

Roubai-vos! Atropelai-vos! Televisionai-vos! Puni-vos! Matai-vos! Vendai-vos! Aproveitai-vos! Trambicai-vos! Fodei-vos! Povo meio burro.

Purgatório

Todo mundo, lá, pensando em dinheiro.

Naquela angústia das novas classes, a nova classe média, a nova classe, a Classe Baixa Alta. A Classe Baixa Alta com alto poder de compra comprando tudo o tempo todo, comprando aqueles iogurtes que ajudam as mulheres com mais de quarenta anos a evacuar regularmente e a não ficar com acúmulo no intestino e umas batatas fritas chips no saquinho prateado e comprando aquelas ideias, na televisão, no jornal da televisão, nas mídias, nos sistemas eletrônicos e virtuais de distribuição de ideias, no programa da Igreja da televisão, o bispo Edir Macedo, da Igreja Universal do Reino de Deus, na televisão, em superclose, dizendo ao povo de fé que Deus, Jesus, não queria que o fiel sofresse na Terra, que não era necessário fazer qualquer sacrifício durante a vida terrena, que Deus, Jesus, julgaria o fiel levando em conta apenas a oferta do fiel, a quantidade de dinheiro ofertada a Deus, através da conta bancária da Igreja Universal do Reino de Deus, cujo número aparecia na televisão, assim debaixo do rosto em superclose do bispo Edir Macedo. E Deus, Jesus, lá no Céu, esfregando as mãos, contando dinheiro, pensando em como ganhar cada vez mais dinheiro, ficar cada vez mais rico, milionário, batendo recordes e mais recordes de faturamento, alta lucratividade, o mercado financeiro, essas parada, Deus, lá, pensando em dinheiro e Jesus, o do Evangelho, lá, na Montanha, fazendo o Sermão da Montanha, falando sobre desapego aos bens materiais, sobre desapego à necessidade de se ganhar dinheiro, de ficar trabalhando para juntar dinheiro para comprar roupas mais bonitas, Jesus falando que os Lírios do Campo não pensavam em dinheiro, não pensavam na roupa que vestiriam. Os Lírios do Campo não tinham essa noção pequeno-burguesa de bom gosto e mesmo assim, Ele, Deus, sempre cuidava para que os Lírios do Campo estivessem sempre bem-vestidos, lindos, e para que os passarinhos estivessem sempre assoviando, sem se preocuparem demais com coisa nenhuma. Eram coisas desse tipo que Jesus falava, contra a riqueza, aquela história do camelo e da agulha, a favor do perdão irrestrito, a fraternidade geral, contra a hipocrisia dos que apedrejam adúlteras e prostitutas, Jesus, lá, transformando água em vinho, que era para o pessoal, lá, ficar meio alegre, de porre, meio feliz, com a percepção alterada, percebendo que a realidade é uma ilusão, que nem Sidarta, o Buda, tinha dito. Jesus, lá, mendigo, com as prostitutas e os leprosos. Jesus assoviando. Amor e essas coisas.

Tudo começou com Adão e Eva. (Riocorrente etc.)

O Adão e a Eva, lá, pelados, provando o Fruto Proibido da Árvore do Conhecimento e ganhando rapidamente o poder de perceberem a si mesmos, a própria miséria, os restos de excrementos ainda grudados em suas bundas e também na parte interior das coxas e de perceberem o céu cheio de estrelas e as maravilhas cósmicas, nuvens de poeira cósmica colorida, as partículas do átomo, combinações de sons formando música, o Adão e a Eva passando a distinguir o Bem do Mal, sentindo inquietações filosóficas, dúvidas existenciais, a arte, a morte, a política, a revolução, o Fogo das Paixões Revolucionárias do Tarcísio Meira Cryzto em *A Idade da Terra*, aquele filme do Glauber Rocha, o último filme do Glauber Rocha, quando confundiram a lucidez de Glauber Rocha com a loucura de Glauber Rocha. Esses caras sempre confundindo tudo pensando em dinheiro e o Glauber Rocha dizia que A Revolução É uma Eztétyka.

O Presidente da República falando aquelas coisas todas para o Povo, com uma linguagem, uma eztétyka do Povo, para o Povo, dizendo que as mulheres com mais de quarenta anos do Povo também, agora, poderiam tomar iogurte para baixar diariamente o acúmulo do intestino e que os machos do Povo, agora, também poderiam dirigir por aí os seus próprios carros, automóveis de Primeiro Mundo, aquela conversa do Collor, por aí, pelos acostamentos, na volta do feriado, nervosos, suados, barrigudos, orgulhosos dos próprios arrotos com odor de picanha com alho e que o Povo também passaria a voar de avião e que as Elites Dominantes teriam de suportar a falta de educação do Povo, da nova Classe Baixa Alta andando de avião e as Elites Dominantes, lá, também arrotando picanha com alho, se comportando mal no avião, na praia, sujando tudo, cagando tudo, fodendo com tudo, sonegando impostos, subornando o Parlamento, se comportando muito mal junto com a Classe Baixa Alta, comendo batata chips, se comportando muito mal na fila do banco, na fila do supermercado, na Faixa de Pedestres, aquele cara que berra naquele programa de tarde, na televisão, gritando aquelas coisas todas para o Povo, gritando que é preciso botar na cadeia e dar umas porradas em pessoas com menos de dezoito anos de idade que botam fogo em pessoas vivas e arrastam, de carro roubado, carro de Primeiro Mundo, pelo asfalto, por ruas de terra e pedras, vários metros, bebês que ficam em carne viva, arrebentados, o cara da televisão berrando meio histérico, com a voz meio aguda, pouco viril, dizendo que quem mata alguém tem de ser morto também, pela Sociedade, que deve tratar um assassino psicopata da mesma forma como um assassino psicopata trata uma pessoa que não é um assassino psicopata da sociedade que não é assassina e psicopata mas que deve se comportar como assassina psicopata, segundo o cara berrando de tarde, na televisão, que não é um assassino psicopata, na hora de condenar à morte um assassino psicopata. O assassino psicopata, lá, na cadeira elétrica, estrebuchando, com fumacinha saindo pela orelha e a família da vítima achando legal, porque, agora sim justiça foi feita, com aquele bafo de picanha com alho. E aquela cantora Gospel, na televisão, cantando aquela musiquinha que manda as criancinhas juntarem umas moedinhas no cofrinho de porquinho para ofertar a Deus, já que Deus, Jesus, gosta muito de dinheiro e pensa em dinheiro o tempo todo e uma criancinha dar um monte de moedinhas para Deus é um gesto espiritual, que pode garantir à criancinha que dá dinheiro para Deus, um monte de moedinhas, uma vaga no Céu, aquele lugar cheio de dinheiro, onde Jesus e todos aqueles que deram bastante dinheiro para Deus, durante a vida terrena, ficam o tempo todo pensando em dinheiro, falando em dinheiro, trocando dinheiro uns com os outros, e Deus nadando numa piscina de dinheiro igual à do Tio Patinhas. QUAC!

O Brasil, lá, cheio de dinheiro, se tornando uma potência do dinheiro, o Brasil, lá, crescendo sem parar naquela angústia agradável, a Classe Baixa Alta cada vez mais alta, superando a nossa velha Classe Média em poder de compra, em picanha com alho, em iogurte contra acúmulo no intestino, e o Presidente da República falando o tempo todo, falando em dinheiro, para a Classe Baixa Alta, que ela, a Classe Baixa Alta, era boa, que ela, a Classe Baixa Alta precisava comprar muitos carros e muitos iogurtes de fazer cocô, que, assim, o Brasil iria crescer, crescer muito, ganhar muito dinheiro, porque nós, os brasileiros, que não desistimos — nunca! —, somos bons, somos o troço mais sensacional que existe entre as Nações, muito respeitados no exterior pela nossa economia vencedora, pela nossa virada a nível de dinheiro, mas, pô, não é uma vergonha um país assim tão rico ter tanta criança na rua, uns filhotinhos de pretos sendo torturados, estuprados, escravizados, maltratados por toda essa gente pensando em dinheiro o tempo todo, inclusive pelas autoridades policiais e judiciais, uns animais primitivos, cuja atividade profissional, cuja prestação de serviço público é espancar menores, esses menores que o cara berrando na televisão do bispo Edir Macedo, cujo Deus só pensa em dinheiro, quer botar na cadeia logo, que é para o cidadão de bem poder comer batatinhas chips croc em paz, poder dirigir pelo acostamento, em paz, na volta do feriado, a privada da casa que ele alugou no feriado toda entupida, o acúmulo todo lá, enquanto o Brasil vai crescendo, crescendo, crescendo, crescendo sem parar?

Aquele filme do Padilha, que não é fascista. O Policial Honesto, lá, enfiando um saco de plástico na cabeça de um pré-adolescente pobre meio bandidinho merreca e dando porradas na cara do moleque e enfiando um cabo de vassoura no cu do menino e dizendo que fazer isso era errado mas era necessário, e o Policial Honesto, lá, dando umas porradas nos maconheiros de Ipanema, porque os maconheiros de Ipanema ajudam a financiar a violência no Rio de Janeiro, ao comprar maconha, aquela planta meio vagabunda que nasce em qualquer lugar e que não teria qualquer valor comercial se não fosse proibida, permitindo que os bandidos da favela ganhem dinheiro para comprar armamento pesado das forças policiais e militares brasileiras, à paisana.

O Brasil cheio de policiais honestos vibrando com o filme do Padilha, dando tapas nas caras de adolescentes e jovens de cor escura que usam boné com a aba para trás e corrente no pescoço, e esguichando spray de pimenta em cara de mendigo no banco da praça e aqueles outros policiais honestos quebrando a guitarra e pisando na cabeça do guitarrista, porque o guitarrista estava com um chapéu na rua, para arrecadar um dinheirinho, porque guitarristas, policiais, a Classe Baixa Alta e as Elites Dominantes e o Governador só pensam em dinheiro, e o prefeito da cidade cosmopolitaça, mais de vinte milhões de pessoas andando pelas ruas pensando em dinheiro, considera o guitarrista um camelô que deve ser retirado da rua para não atrapalhar os passantes pensando em dinheiro e não atrapalhar a arrecadação de impostos por parte da Prefeitura Municipal. Tolerância zero igual Nova York.

As Elites Dominantes, os Bancos, os Produtores de Soja Transgênica, os Produtores de Comida Gordurosa e umas Empresas Aí e umas Empresas de Plantar Cana e Produzir Etanol para a Classe Baixa Alta ir emporcalhar o litoral brasileiro todo, lá, financiando a Barbárie, usando a linguagem do Povo, a estética da Classe Baixa Alta, e produzindo produtos mais ou menos para o Povo comendo cocô, pagando caro e achando gostoso.

Recordes bancários internacionais extra de luxe, plim plim plim, extra point, melhores faturamentos de todos os tempos, a Classe Baixa Alta batendo recordes de todos os tempos na aquisição de Empréstimos Pessoais, aquela modalidade de empréstimo na qual os bancos que bateram todos os recordes de todos os tempos emprestam um dinheirinho para pessoas de baixo poder aquisitivo que pensam em dinheiro o tempo todo, para comprar um aparelho eletroeletrônicocibernético, ou comprar remédio para a mãe que está com câncer mas que fica demorando demais para morrer, e o cara da Classe Baixa Alta, que é alta mas é muito mais baixa, que não sabe de nada, não entende nada, o cara muito mal-educado que fica endividado até o pescoço, a corda no pescoço, o cara ainda arrotando picanha com alho, as prestações do carro longe de serem quitadas, o cara não sabe nem mexer direito no caixa eletrônico, horas e mais horas na fila do banco pensando em dinheiro, os preços das coisas todas aumentando e o comércio aumentando o preço de tudo porque agora a Classe Baixa Alta pode comprar todas as batatas chips que existem e o Brasil crescendo entre as nações, em desenvolvimento acelerado, crescendo, credor do FMI, e aquelas criancinhas todas que deveriam é tomar porrada mesmo, segundo o cara de voz pouco viril de tarde na televisão, todo dia elas ali, de madrugada, dormindo embaixo do caixa eletrônico e no inverno é frio para cacete.

Eztétyka da Vyolêncya, Eztétyka da Barbárye.

Dentistas pegando fogo, bandido saqueando cidadão, polícia saqueando bandido, o cara na televisão berrando lá, querendo matar todo mundo, o Padilha torturando menores e dando lição nos maconheiros da PUC, o novo Código Florestal defendido com unhas e dentes pelo comunista do Ministério dos Esportes, ministério responsável também pelas obras das instalações da Copa do Mundo, dos Jogos Olímpicos, recordes internacionais sensacionais, em aliança com os ruralistas plantadores de Cana de Etanol, de Soja Transgênica, que querem que a demarcação das terras indígenas deixe de ser responsabilidade do Poder Executivo, para ser do Poder Legislativo, onde se negocia as parada toda pensando em dinheiro, onde comunista é amigo de latifundiário, cagando a Amazônia toda, o Pantanal todo, a Mata Atlântica toda, aqueles hotéis lá, no litoral, aquela batata frita toda, toda aquela gente baixando o acúmulo pensando em dinheiro. Eztétyka da Vyolêncya, Eztétyka da Barbárye, aquele menino boliviano de baixo poder aquisitivo morto.

Aqueles caras lá na televisão, com aquele cabelo penteado e de terno, que é uma vestimenta que deixa os homens mais dignos, aquela gravata, aquele pano cheio de dignidade amarrado no pescoço, formando a opinião de que todos têm o direito de se manifestar, desde que não se cometam atos de vandalismo, achando que a Eztétyka da Revolução é uma coisa toda assim limpinha, achando que o pretinho que dorme debaixo do caixa eletrônico, que não tem nem um lugar privado para baixar o seu acumulozinho podre, vai se transformar num cidadão de bem, trabalhador, cobrador de ônibus, vai se tornar um humano capaz de perceber as estrelas do céu, a poeira cósmica colorida, a arte, a morte, que não vai se tornar um animal escuro sem vida e sem morte e aquele samba que fala do dia em que o morro descer e não for Carnaval, os caras dignos da televisão, lá, o cara berrando, de tarde, chamando uma pretinha de catorze anos viciada em crack de monstro e o especialista do telejornal sério da emissora séria achando que, através de manifestações ordeiras, com reivindicações bem elaboradas, objetivas, a Democracia Brasileira avançaria, sem maiores ameaças às instituições e à ordem pública.

O Povo, lá, apedrejando as agências dos bancos com maior faturamento de dinheiro em todos os tempos, naquela eztétyka da televisão do Deus pensando em dinheiro o tempo todo, esperando um Cryzto para ser crucificado.

A Alemanha é muito melhor do que o Brasil

Ela amava o João Gilberto e pensava que um povo capaz de fazer aquela música devia ser o povo mais maravilhoso do mundo. Ela tinha assistido *Bye Bye Brasil* no cinema umas cinco vezes. Ela ficou completamente entusiasmada com o *Macunaíma*, do Antunes Filho, no teatro, lá na Alemanha. Ela não ligava para futebol, até perceber que o futebol era a maior expressão cultural do Brasil. E ela perguntou para o pai sobre o futebol brasileiro e o pai dela disse que o futebol brasileiro era um negócio mágico, mítico, poesia, e falou sobre os lançamentos em profundidade do Gérson para Pelé e Jairzinho e sobre o Clodoaldo driblando vários italianos sem tocar o pé na bola, na final de 70, e um tal quadrado mágico que ele tinha visto, ao vivo, na Espanha, em 1982, o Toninho Cerezo, o Falcão, o Sócrates e o Zico. Ela não entendia nada dessas coisas, mas ela sentia uma beleza muito rara naquelas histórias que o pai dela contava. E quando passava um jogo do Brasil na televisão, lá na Alemanha, ela assistia. Ela achava incrível como os brasileiros eram tão diferentes uns dos outros e tão iguais uns aos outros, a tal mistura de raças. Havia um louro muito louro, muito claro, e um negro muito negro, preto, e, entre o louro e o preto, havia todas as tonalidades de cor, branco, bege, marrom, negro e ela não aguentou mais viver longe do Brasil, aprendeu português e se sentou ao lado da Guiomar, no avião, quando voou para se misturar no Brasil.

A Guiomar era o grande amor do Didi Folha Seca e o Didi estava na poltrona ao lado da Guiomar, no corredor. E o amor de Didi e Guiomar era uma das histórias míticas do futebol brasileiro e ela não sabia quem era a Guiomar, mas achava lindo que, no Brasil, uma branca demonstrasse tanto amor por um negro. O Didi sempre se levantava para andar no corredor, por causa do problema na coluna, e a Guiomar ensinou para ela uma receita de moqueca de peixe e depois disse que o Didi ali era bicampeão do mundo e tinha feito o primeiro gol do Maracanã, o maior estádio do mundo, palco da poesia do Garrincha, aquela figura inacreditável. E ela pegou um autógrafo com o Didi, que parecia um rei com aquela elegância toda, e mandou para o pai dela, lá na Alemanha, assim que desembarcou no Rio de Janeiro, com a alma cantando.

E ela conheceu o Brasil todo e amou o Brasil, essas alemãs valentes, de mochila nas costas. Ela conheceu umas aldeias de pescadores que assavam uns peixes para ela, numas praias desertas, a luz da lua, os caiçaras tocando viola, rabeca e pandeiro, as mulheres cantando e batendo palmas. Ela cantou e bateu palmas vários dias seguidos, na Bahia, no Pelourinho daquela época que já faz uns trinta anos, e aprendeu capoeira e bebeu cachaça pelo gargalo e nem ficava de porre, só ficava feliz. Ela navegou pelo rio Amazonas, olhava para a floresta e parecia que a floresta respirava forte, parecia até que Deus existe. E pegou carona de caminhão e ouviu histórias incríveis do Brasil. Ela viveu numa aldeia de índios e dançou com os índios e nadou nua naqueles rios, naquelas cachoeiras, com as crianças da aldeia, e chegou em São Paulo com o cabelo louro cortado que nem o dos índios, cheia de colares e pulseiras de miçangas e um brinco com três penas de arara, uma azul, uma amarela e outra vermelha. Ela achou a cidade de São Paulo meio feia no começo, mas depois foi descobrindo aquela imensidão, os italianos, os japoneses, os espanhóis, os libaneses, e começou a achar aquilo tudo muito louco, muito interessante, foi gostando cada vez mais daquela gente. Sentiu ternura até pelo porteiro da pensão barata onde morou, no centro da cidade, que, ao descobrir que ela era alemã, falou assim, achando que ia agradar: "Heil Hitler".

Ela viveu por muitos anos no Brasil sem voltar para a Alemanha. Ela não queria saber de Alemanha.

Até que o Brasil se tornou o melhor país do mundo e o povo brasileiro se tornou o povo mais maravilhoso do mundo. Em toda parte, na televisão, ela ouvia dizer o quanto o Brasil estava ficando bom, melhor em tudo, se tornando uma potência econômica, querendo um lugar no Conselho de Segurança da ONU, um lugar na Opep, o presidente dos Estados Unidos dizendo que o presidente do Brasil era o cara, o presidente do Brasil dizendo para os brasileiros que eles poderiam ter carros incríveis, viajar de avião, e que os brasileiros deveriam consumir muito, comprar muitas coisas como batata frita, home theater e aqueles iogurtes que ajudam as mulheres a baixar o acúmulo. E tudo começou a ficar proibido e um dia, quando ela tirou a parte de cima do biquíni, na praia maravilhosa, uns brasileiros melhores do mundo fizeram um círculo em volta dela e jogaram areia nela e dois policiais melhores do mundo ordenaram que ela botasse a parte de cima do biquíni, já que no Brasil só pessoas do sexo masculino podem ir à praia sem camisa.

Depois de muitos anos, ela foi visitar os pais dela, lá na Alemanha, em Berlim, e notou que havia muita mistura de raças por lá. Árabes amando japonesas, africanas de mãos dadas com finlandeses, curdos com filhos mulatos e, no rádio, lá na Alemanha, tocava João Gilberto, Hermeto e Itamar Assumpção que não tocava no Brasil e ela percebeu que os alemães estavam sempre sorrindo, que os rios estavam todos limpos, que as bibliotecas e centros culturais estavam repletos de crianças negras aprendendo.

Na volta dela, o Brasil sediava a maior Copa do Mundo de todos os tempos e ela viu, na televisão, os jogadores alemães dançando com os índios amigos dela e vestindo a camisa do Bahia, todos sempre sorrindo e o narrador dos jogos da televisão dizendo como os alemães eram frios, pragmáticos e como os brasileiros estavam ensinando os alemães a serem felizes.

E, na semifinal da Copa, aos trinta minutos do primeiro tempo, ela descobriu que a Alemanha era muito melhor do que o Brasil. Inclusive no futebol.

Os melhores do mundo

O povo brasileiro não sabe interpretar as notícias de um telejornal. O povo brasileiro não entende nada do que vê na televisão, do que vê nas ruas, não sabe de nada, de nada. O povo brasileiro não sabe interpretar os acontecimentos políticos, não sabe o que é Esquerda, Direita, Deputado Federal, Continente, Estado, nem imagina o que seja Desenvolvimento Sustentável, não sabe nem por que o Holocausto foi uma coisa tão horrível assim. O povo brasileiro acha que o safado do direitos humanos é quem quer soltar bandido da prisão. O povo brasileiro acha que quem estuprou tem que ser estuprado. Nunca passou pela cabeça do povo brasileiro a existência de um Inconsciente Coletivo. O povo brasileiro não toma consciência de nada. O povo brasileiro nunca foi conscientizado. O povo brasileiro não sabe o que é Cultura. O povo brasileiro acha que Cultura é esses filme chato que ninguém entende, exposição de quadro e teatro, que o povo brasileiro acha mais chato que filme chato, a não ser que seja uma peça escrota com um artista da televisão que faz novela. O povo brasileiro acha que teatro bom é teatro ruim, que música boa é música ruim, que candidato político bom é candidato político ruim. O Pelé tinha razão: o povo brasileiro não está preparado para votar. O povo brasileiro nunca soube que, para ganhar uma eleição, um candidato tem que arrumar muito dinheiro para botar a campanha eleitoral dele na televisão, no rádio, aquela cara dele lá, naqueles papeizinhos, aquela cara que o povo brasileiro acha que é a cara de um homem de bem, porque o povo brasileiro acha que homens de bem usam gravatas e têm aquele cabelinho ou aquela careca de deputado federal e ele, o candidato, com aquela cara meio gordurosa, tem que comprar uns apoios políticos, uns prefeitos do interior, uns latifundiários, uns nomes da Cultura, uns cabos eleitorais, uns caras para levar dinheiro daqui pra lá, de lá pra cá, na meia, na cueca, com aquela cara de homem digno de gravata e um relógio assim. O povo brasileiro não sabe que, para ganhar a grana para pagar a eleição dele, o futuro prefeito de sua cidade, o futuro governador do seu estado, o futuro presidente do seu país, tem que prometer a bancos, empreiteiras, indústrias poluidoras, organizações criminosas em geral, agronegociantes e mineradoras devastadores das florestas e dos rios — já que o povo brasileiro acha que florestas e rios, esses negócio de Meio Ambiente é tudo coisa de hippie velho, de ecochato — um monte de vantagens, um monte de lucros que ele, o seu chefe municipal, estadual, federal vai tirar do dinheiro do orçamento do Saneamento Básico, por exemplo, que é o dinheiro que o povo brasileiro pagou em impostos, para ter como escoar sua grande produção de coliformes fecais e todo tipo de coisa nojenta para longe do rio que fede perto da casa dele. O povo brasileiro não sabe o que é Saneamento Básico. O povo brasileiro acha que o Meio Ambiente é um safado pior que o direitos humanos, que fica cuidando de jacaré e de índios que não servem pra nada, enquanto tem tanta gente humana passando necessidades porque é vagabunda e não quer trabalhar. O povo brasileiro vê o Presidente da República, o Senador da República, o Presidente da Câmara dos Deputados, o Presidente do Senado, Governadores, Prefeitos, na televisão, negociando dinheiro, subornando uns aos outros, e esses caras todos continuam decidindo as parada todas do país, decidindo o próprio alto salário acima da inflação e o baixo salário de quem trabalha limpando a sujeira cheirosa que esses caras de gravata fazem e tem seus impostos descontados direto na carteira em mais de vinte e sete por cento. O povo brasileiro acha que o governo do partido que o povo acha que é de esquerda foi de esquerda, só porque, durante o governo de esquerda que não era de esquerda, quando os bancos, as empreiteiras, agronegociantes e organizações criminosas em geral bateram todos os recordes de lucratividade, a Nova Classe Baixa Alta que o governo que não era de esquerda inventou saiu por aí comprando croc-chips--bits-burgers coloridos de tela plana e comendo picanha no rodízio e atropelando pessoas nos feriados com o carro financiado e pagando tudo com cartão de crédito, indo para a praia ouvir música ruim no alto-falante do carro, alimentando o pior tipo de capitalismo possível, esse tipo de capitalismo selvagem alimentado por um povo burro com dinheiro no bolso, com cartão de crédito no bolso. O povo brasileiro é muito burro. O Índice de Desenvolvimento Humano do povo brasileiro é baixíssimo. O povo brasileiro não tem sensibilidade para perceber que é uma aberração o Brasil ser uma das maiores economias do mundo e, ao mesmo tempo, ter um dos mais baixos índices de desenvolvimento humano do mundo. O povo brasileiro acha que é um povo elevadíssimo, todo feliz, todo malemolente, simpaticão, queridão. O povo brasileiro não percebe que é um povo de baixa qualidade. A parte do povo brasileiro que está na Classe Alta, uma Classe Alta que é tão burra, tão ignorante, que, na verdade, é uma Classe Alta Baixa, não associa, em sua cabeça imbecil, o imposto que sonega com o menor bandidinho, que devia baixar a maioridade dele que é para ele ser estuprado na cadeia que ele merece, que pega a mulher do cidadão de bem da Classe Alta Baixa e dá um tiro na cara dela, no sinal. E o povo brasileiro pobre, quando é criança, vai na escola pública ruim e toma um tiro na cabeça, no meio da aula. O povo brasileiro acha que o importante é que as pessoas que querem cheirar cocaína e fumar maconha não cheirem cocaína e não fumem maconha, nem que, para isso, toda semana uma criança pobre tome um tiro na cabeça de uma bala perdida da polícia ou da arma que os cara da polícia vendeu para um bandido. O povo brasileiro acha que a música dele é a melhor do mundo, que a mulher dele é a melhor do mundo, que as praias dele são as melhores do mundo, que a alegria dele é a melhor do mundo, que a bunda dele é a melhor do mundo. O povo brasileiro come cocô, paga caro e acha gostoso.

Adeus, Éden

Um dia, no Éden, quando eu ainda não me importava demais com coisa nenhuma e me comportava feito um animalzinho tolo e animado, Deus apareceu no Céu ditando um monte de ordens. Eu achei engraçada aquela autoridade toda dele. Foi por isso que eu sorri para o Criador. Juro que foi um sorriso inocente. Mas Deus é muito sério e achou que era deboche. Ele ficou nervosinho e resolveu me dar o troco. Ganhei um espírito e vou sofrer eternamente. No Inferno.

O indivíduo mais importante que existe

Você era apenas um organismo unicelular que nasceu fazendo parte de uma manada de indivíduos unicelulares sem cérebro para realizar sua tarefa simplicíssima de reproduzir o máximo possível o seu gene único, até que Deus, ou seria o acaso? — o acaso é Deus? — não, sim, Deus existe, Deus existe mas eu sou contra — onde eu estava mesmo? Eu estava dizendo que você não tinha o dom do raciocínio, não tinha a menor noção do que estava fazendo neste planetinha azul minúsculo e ridículo, perdido na vastidão do Cosmo, se reproduzindo assexuadamente e deixando que a Seleção Natural, Deus, o acaso, aquilo que você não conhece, aquilo que você não entende, seu burro, fosse modificando ao acaso, pela vontade de Deus, a sua genética primária unicelular, e você ganhou novos genes, foi se enchendo de células, foi bactéria, foi minhoquinha, foi inseto nojento, foi peixe esquisito etc. etc. até se tornar esse troço importantíssimo, esse troço sagrado, que é o ser humano.

Mesmo depois de ganhar um cérebro, aparelho impressionante que Deus inventou a partir de carbono e água, você continuou burrx e só queria saber de ingerir matéria orgânica para preencher o vazio interior, produzir cocô e ficar se esfregando em colegas de espécie toda vez que sentia inconscientemente o odor dos hormônios delxs. Você e seus coleguinhas de espécie ficavam lá se esfregando, se lambendo, se melecando, fazendo sexo na frente de todo mundo, na frente de toda a manada, sem a menor vergonha na cara, com aquela cara inocente de taradx. Mas Deus — ou foi o acaso? — é uma entidade muito doida, maior loucura, e encheu o seu cérebro de paradas muito loucas do tipo o inconsciente, o ego, o superego, o id, essas porra, essas parada, o complexo de Édipo, a vergonha da própria natureza animal e você, tremendo animal arrogante, meio burro, meio que não se conformou mais em apenas ficar ingerindo matéria orgânica, ficar fazendo cocô e ficar se esfregando nos seus coleguinhas de espécie, com aquela cara de cachorrx que fareja hormônios nxs coleguinhas de espécie. Não, meu estúpido colega de espécie... O acaso é sádico — Deus? — e a Seleção Natural fez com que você e a sua turma desenvolvessem uma parada muito louca na mente doentia de vocês, que levou a sua espécie impressionantemente incrível e superior a ir muito além do carbono, da água e do cocô. Você ganhou um espírito, tadinhx.

Agora, para se esfregar nx coleguinha de espécie, não basta sentir inconscientemente o cheiro dos hormônios delx. Antes de ir lá e ficar lambendo, chupando e trocando fluidos com x coleguinha de espécie, você tem que tomar um vinhozinho com elx, tem que dar beijinho, escutar a música da novela, comer fondue à luz de velas, ouvir jazz, escrever poemas de amor, compor sinfonias, escrever o *Fausto* do Goethe, torturar virgens raptadas na tribo inimiga, ganhar dinheiro, fazer ginástica usando uma camiseta verde fosforescente e, assim, enfim, ter algum tipo de importância que faça com que os indivíduos com os quais você quer se esfregar, lamber e trocar fluidos melequentos se sintam sexualmente atraídxs por você.

Transmitir os seus genes ao máximo possível de indivíduos da sua espécie incrível nem é mais o objetivo mais importante. O mais importante agora é a sua importância como personagem mais importante que existe "no espetáculo cheio de sons e fúrias que nada significa", para que xs coleguinhas de espécie e você próprix, a nível de indivíduo, jamais percebam que você e seus coleguinhas de espécie burros não têm a menor importância no movimento de expansão das galáxias, não têm a menor importância para o Deus — como assim o acaso? — que está lá, fazendo as parada muito loucas dele lá, misturando carbono com água, abrindo buracos negros comedores de galáxias lá no Cosmo, essas porra todas, ignorando baldes a existência de você enquanto indivíduo espiritual e pretensioso.

Sendo assim, "semelhante meu" — semelhante meu? —, "meu irmão" — meu irmão? —, você vai fazer de tudo para simular uma grande importância na sua existência. Você vai fingir para si mesmx que é um herói, aquele troço sagrado, troço incrível a nível de indivíduo da espécie escolhida por Deus para ser a melhor. Você vai liderar um movimento revolucionário que mudará a história da espécie, vai escrever o romance onde tudo estará escrito, vai pensar o discurso filosófico que elucidará os mistérios da existência, vai fazer mais de mil gols, vai se integrar ao todo e atingir o Nirvana, vai cometer um ato terrorista no metrô, matando meia dúzia de criancinhas, um trabalhador proletário, um professor de matemática e duas senhoras de idade.

Ou você vai sair por aí, com um cabelo todo assim na cabeça, sacudindo os braços, a musculatura definidaça, com um andar, um jogo de cintura de quem é indivídux diferenciadx.

A idade das trevas

No começo, era até bonitinho ver como o pessoal se esforçava para economizar água, tomando banhos cada vez mais rápidos, deixando de lavar louça, roupas, carro, calçada, deixando para apertar o botão da descarga só uma vez por dia, fazendo com que os vasos sanitários de casas, edifícios, escolas, hospitais, repartições públicas, palácios governamentais, conjuntos habitacionais de baixa renda, bares e restaurantes estivessem sempre superlotados de excrementos humanos. Fedia um pouco, mas a causa era divina. A causa era salvar o planeta, evitar o fim da humanidade e garantir um futuro para nossos filhos e netos. A propaganda do governo, na televisão, dizia: "O futuro do planeta está em suas mãos. O futuro da humanidade está em suas mãos. Juntos, vamos construir um mundo melhor para nossos filhos e nossos netos".

As velhinhas todas, a juventude consciente, a professorinha e as criancinhas faziam de tudo para poupar água, para poupar energia. Era o verdadeiro espírito da solidariedade mútua salvando a existência humana, a sociedade civil lutando por um bem comum. E o cara que entende de tudo, no programa da televisão, dizendo que era para poupar mais água ainda, porque o país precisava continuar a crescer, se desenvolver economicamente e a nossa indústria exportadora precisava de água para fabricar produtos a preços competitivos no mercado internacional, favorecendo nossa balança comercial. E o nosso agronegócio, as nossas monoculturas de soja transgênica e açúcar/diesel, e de capim para as criações de picanha nobre, agro/commodities que eram o ponto forte da nossa economia, sinal de subdesenvolvimento, também precisavam de muita água para a irrigação.

Mas de nada adiantaram as velhinhas, a juventude consciente, a professorinha e as criancinhas. De nada adiantou a Sabesp destruir umas cachoeiras bem no meio da Mata Atlântica, na serra do Mar, para fazer reservatórios de água que abasteceriam condomínios de veraneio para a nova classe baixa alta, no Litoral Norte Paulista. Não adiantou nada e a água continuou a acabar.

E o que era voluntário passou a ser obrigatório. As próprias velhinhas, a juventude consciente, a professorinha e as criancinhas se tornaram soldados da economia hídrica, brigadas ferozes contra o desperdício. Bastava que você passasse um segundo além dos três minutos permitidos no banho, para que uma velhinha, cheia de bobes no cabelo, entrasse pelo basculante do banheiro e apontasse o dedo para a sua cara. Bastava que, uma vezinha só, você não desligasse a torneira da pia na hora de levar o barbeador ao rosto, para que um grupo de criancinhas, com a professorinha segurando uma bandeira do Brasil, cercasse a sua pessoa e enchesse a sua canela de pontapés. Houve casos até de linchamentos bárbaros, selvagens. E tinha a juventude consciente sempre fiscalizando se você, de fato, só fazia xixi no ralo, embaixo do chuveiro desligado. Mas nem com toda essa patrulha a água deixou de quase chegar ao fim mesmo.

Medidas radicais e unilaterais tiveram de ser tomadas. A água nas casas, prédios comerciais e residenciais foi definitivamente cortada, menos nas casas de parlamentares, juízes e gente do primeiro e segundo escalão do Executivo. Um banho, um copo d'água, uma bacia semicheia para lavar roupa, tudo isso passou a ser vendido em postos públicos, em quantidade limitada, a preços estratosféricos. A princípio, só os ricos tomavam banho nos chuveiros públicos programados para funcionar apenas quarenta e cinco segundos por pessoa, por dia. Os ricos também, ainda, bebiam água. Pobre tinha que guardar água de chuva para beber. Mas quase nunca chovia. O calor era ensurdecedor. Quando vinha uma daquelas chuvinhas rápidas, ficavam todos loucos. Todo mundo na rua, tirando a roupa, se amando, dançando, abrindo a boca para o céu e mastigando as "gotas tão belas que até dá vontade de comê-las". E a chuva passava, a loucura passava e ficava todo mundo de mau humor, péssimo humor, naquele calor, com aquele fedor que já estava tomando conta de tudo. Aquele cheiro de podre no ar. Aquele cheiro de civilização em decadência. Sem eletricidade, as noites eram a idade das trevas. Blackout. Uns gritos. Uns urros. Barulho de vidro quebrando. Cachorros uivando. Gargalhadas.

Faltava quase tudo para uns e tudo para outros. A luta de classes era inevitável.

Os pobres logo perceberam que eram uma imensa maioria e começaram a atacar os ricos e começaram a atacar os postos públicos de água e a invadir as residências de parlamentares, juízes e gente do primeiro e segundo escalão do Executivo e a beber toda a água de uma vez só, a tomar banhos sem olhar para o relógio, a cortar a cabeça dos ricos e sair pelas ruas carregando cabeças cortadas, um banho de sangue, quem não tinha nada tomando, à força, muita força, tudo de quem tinha quase nada e o sangue tingiu de vermelho todo o resto de água que havia sobrado e o sangue estava todo contaminado com toda a sujeira da civilização agonizante, batatas fritas croc chips, agrotóxicos, acidulantes, colesterol, essas parada, e foi todo mundo ficando doente, umas doenças de pele horrorosas, foi ficando todo mundo alucinado, todo mundo apodrecendo, se arrastando pelo asfalto ensanguentado, com a boca toda seca e os urubus comendo as pessoas podres vivas e não havia mais ricos, nem pobres, só umas carcaças secas parecidas com seres humanos, urrando de dor, fedendo muito, implorando pela morte.

Deus é bom nº 4B

Que bom!
Nós temos uma constituição.
Nós temos um congresso nacional.
É tão bom viver num país democrático.
Os deputados são bons.
A democracia nos traz o progresso.
O progresso é bom.
Usamos gravatas.
As gravatas são bonitas.
As gravatas nos deixam mais bonitos.
O mundo é bom, pois nós, a humanidade, somos civilizados.
Nós, a humanidade, descobrimos as geladeiras e os automóveis.
Os automóveis são bonitos.
O homem é bom porque pensa.
O homem é bom.
O homem é o melhor animal que existe.
Os outros animais não pensam.
Eles, os animais, são ruins.
Quando nós comemos um bebê bovino, nós matamos a
nossa fome.
O bezerrinho não se importa de ser devorado.
O bezerrinho não pensa, por isso podemos comer seu cadáver.
O Congresso é legal.
Os humanos homens de gravata vão possibilitar a venda de
cadáveres de animais para que possamos nos alimentar.

Ela vai morrer no final

Eu era praticamente um menino e ela era ainda mais jovem. Ela tinha só dezesseis e estava no banco da pracinha da igreja matriz, com as amigas dela ao redor, em frente ao cinema da cidade muito pequena à beira-mar onde passava *Dio, como te amo*. Já se passaram uns quarenta anos e, naquela época, eu nunca tinha tido uma namorada, eu nunca tinha feito amor, eu nunca tinha beijado uma menina. Naquela época, eu lia poesia e eu amava todas as jovens atrizes das novelas da televisão em preto e branco que havia no meu quartinho minúsculo e eu ouvi ela falando com as amigas:

— Ele me beijou na boca.

Ela sorriu leve e tímida. As amigas olhavam maravilhadas para ela e davam risadas forçadas, nervosas, histéricas, adolescentes. As amigas dela falavam gritando agudo:

— Você é fogo, hein!!!!!!!

— Cruz-credo!!!!!! Mal conhece o cara e já vai beijando na boca?

— E o que é que tem de mais? Vocês são caipiras mesmo! Na turma da minha prima, lá no Rio, todo mundo beija na boca!!! Vocês parecem freiras! A gente tá em 1974, 1974!!! Se fosse comigo, eu também beijava!!!!!!

— Namorado firme, ainda vá lá! Mas um carinha de fora, que veio passar o feriado?!?!

— Ele era de maior, não era?

Ela fez que sim com a cabeça e continuou com aquele sorriso no rosto. E foi por causa daquele sorriso que eu me apaixonei por ela. Porque, além de leve e tímido, o sorriso dela era um sorriso enigmático, de alguém que havia experimentado algo secreto e proibido, toda Mona Lisa.

Ela tentou explicar para as amigas:

— Foi esquisito. Eu gostei, mas foi esquisito.

— Como assim?

— Não sei explicar. É um arrepio que passa pela gente, um frio na barriga, uma coisa.

Ao ouvir isso, eu senti exatamente essa coisa, um arrepio, um frio na barriga. E as amigas dela queriam saber tudo:

— Mas ele era de maior ou não era?

— Era sim.

— E você não ficou com medo?

— Um pouco. Fiquei com medo dele querer ir além e eu não conseguir resistir.

— Na barriga, é? Entendi. Sei muito bem que frio foi esse que você sentiu na barriga!

— Mas ele não tentou mais nada depois do beijo?

— Não sei direito. Ele ficou se encostando um pouco mais forte, me apertando.

De novo, aquele sorriso. Eu estava perto do coreto, comendo pipoca com groselha ao lado do banco onde ela estava sentada. Eu vi que, naquele momento, ela olhou para onde eu estava. Ela olhou bem nos meus olhos, sem me enxergar, com o sorriso que não era para mim.

Eu sorri para ela, olhando nos olhos dela, e saí andando, meio que com medo do sorriso dela, e com medo também do meu próprio sorriso que saiu sem querer, eu comendo pipoca com groselha, e eu fui para casa, andando apressado, meio nervoso, para o meu quartinho minúsculo.

Eu sentia algo muito esquisito quando eu me deitei na cama de mola daquele quartinho minúsculo, úmido, com cheiro de bolor, uma lagartixa no teto e o zumbido de um único pernilongo. E tinha também a música que vinha do parquinho de diversões, a música do Wanderley Cardoso, e o barulho das ondas batendo na areia bem lá longe, no background. Eu nem quis ligar a televisão em preto e branco, eu também não quis ler poesia, e eu fiquei no escuro e o sol estava se pondo e os últimos raios do sol daquele dia batiam nas gotas de água do mar que deslizavam sobre a pele dela. Ela e as amigas dela e um cara lá brincavam com uma bola de plástico, no mar, e se comportavam como crianças.

Ela olhou para mim com aquele sorriso diferente e me chamou:

— Vem brincar!

Eu fiquei muito entusiasmado com o convite dela e eu não fui tímido naquela hora e eu entrei no mar com roupa e tudo. Ela e as amigas dela de biquíni modelo 1974. Ela nem se apresentou, nem apresentou as amigas dela, mas apresentou aquele cara lá:

— Esse é o Vanderlei, meu namorado. E você? Você é de fora?

Eu menti para ela:

— Sou. Eu sou do Rio.

— Não parece. Você é simpático demais pra ser carioca.

O cara lá, o Vanderlei, olhou feio para o meu lado e puxou ela pelo braço, afastando ela de mim. Ela ficou me encarando com outro tipo de sorriso, um sorriso de escárnio, meio diabólico, sacana, e beijou o Vanderlei na boca.

Eu fiquei me sentindo um idiota. Ela já não olhava mais para mim e a bola de plástico bateu na minha cabeça e eu olhei para trás e as amigas dela estavam todas rindo umas gargalhadas adolescentes e dizendo gritado, agudo, aquelas coisas adolescentes:

— E aí, carioca!!!!

— Quer me beijar?!

— Desiste, cara!!!! O negócio dela é o Vanderlei!!!

— Mas ela é fogo!!!!!! Beija qualquer um!!!!!!

— Beija a gente, carioca!!!! Eu nunca beijei ninguém de fora!!!!

— Você é de maior????

Eu olhei para ela que beijava a boca do Vanderlei e olhei para as amigas dela que riam de mim, que ficavam jogando aquela bola de plástico uma para a outra e eu fiquei tão triste, senti uma solidão tão grande, que eu até comecei a chorar baixinho, que nem um mané, morrendo de vergonha por nunca ter beijado uma menina na boca, por ter mentido dizendo que eu era do Rio, por me sentir tão frágil diante dela, que era só uma menina adolescente com uns raios de luz do pôr do sol batendo nas gotas salgadas que deslizavam pela pele dela.

No cinema, assistindo *Dio, como te amo* ao lado dela, eu ensaiava pegar na mão dela, eu ia chegando com a minha mão perto da mão dela, mas na hora H eu desistia e ela, mesmo sem virar o rosto para o meu lado, mesmo sem olhar para mim, percebia que eu estava apavorado, morrendo de medo de pegar na mão dela, mas eu olhava para ela e eu percebia que ela estava sorrindo, rindo de mim, rindo do meu acanhamento em pegar na mão dela, da minha falta de atitude. E perto do final do filme, quando a moça do filme começou a cantar "Dio, como te amo", ela chegou a boca perto do meu ouvido e perguntou, sussurrando, desafiando:

— Você não vai me beijar, não?

Eu não beijei. Eu não olhei para ela. Eu fiquei olhando fixamente para a tela, o avião decolando na tela, eu com a vista meio nublada, desfocada, eu suando frio, tremendo, sentindo umas coisas, uma vergonha de mim mesmo.

E de novo:

— Você não disse que era do Rio? Por que é que não me beija?

Não beijei. Mas, sem olhar para ela, eu peguei na mão dela e ela tirou a mão dela da minha mão e sussurrou outra vez no meu ouvido:

— Sua mão está muito suada e eu não gosto.

Ela riu de novo e agora era quase uma gargalhada.

Nós saímos do cinema meio antigo, que tinha umas pinturas na parede, que eram imagens de índios tupinambás em canoas ubás, uns apontando arco e flecha para pássaros voando, outros apontando arco e flecha para uns peixes pulando na água do mar e tocava uma música meio italiana, meio jazz, dessas músicas que tocavam no cinema, "Feels So Good", o Chuck Mangione tocando trompete, e ela saiu andando na minha frente, sorrindo, se afastando de mim e saindo porta afora do cinema e o Vanderlei já estava lá, na pracinha, em frente ao cinema, oferecendo um saco de pipoca com groselha para ela e uma pulseirinha de macramê da feira hippie para ela. E ela pegou a pulseirinha e disse "que linda" e beijou o rosto do Vanderlei e olhou para mim e sorriu para as amigas dela que estavam sentadas no banco de sempre da pracinha, com aqueles gritinhos:

— No rosto não vale!!!!!

— Você não disse que ia ser beijo na boca??!!!

— E o carioca???? Beijou ou não beijou???

E eu tive que me levantar todo suado e ir no banheiro lavar o rosto. Do ralo do chuveiro saiu uma barata imensa e o calor era insuportável. Voltei para a cama, e a cama estava encharcada de suor e ela e eu atravessamos a praia de ponta a ponta, o sol a pino e ela e eu estávamos suados e no fim da praia havia uma pequena queda-d'água e ela e eu entramos embaixo da queda-d'água e eu tentei beijá-la debaixo da queda-d'água, mas eu não sabia beijar e eu fui tão desajeitado que ela quase se afogou, aspirando água pelo nariz, e ela ficou com a cara toda vermelha e começou a tossir e eu fiquei desesperado:

— Me desculpa! Me desculpa!

Acho que ela não me desculpou. Ela recuperou o fôlego, olhou com uma expressão muito séria para mim e disse secamente:

— Vamos embora.

Ela e eu saímos da praia e fomos andando por uma estrada de terra toda esburacada, um calor tremendo, e começamos a subir uma ladeira, fomos subindo, subindo, e a vista lá de cima era muito bonita, com o mar lá embaixo e umas ilhas e uns barquinhos. Ela e eu fomos ficando cansados e um carro veio se aproximando e ela, toda desinibida, fez aquele sinal com o dedo polegar, pedindo carona, e o carro parou e quem estava dirigindo o carro era o Vanderlei, que abriu a porta dianteira para ela. Ela entrou no carro, se sentou ao lado do Vanderlei e bateu a porta do carro e o carro foi se afastando, foi indo embora e eu estava num estado lamentável, suado, e eu continuei subindo a ladeira com aquela paisagem lá embaixo.

Até que o carro do Vanderlei, com ela dentro, reapareceu atrás de mim. O Vanderlei era agressivo ao volante e o volume do toca-fitas do carro era altíssimo e a música que tocava muito alto era do Black Sabbath e o Vanderlei era um pouco mais velho do que eu, bem mais bacana do que eu, e freou o carro bruscamente do meu lado, derrapou ligeiramente fazendo aquele barulho de pneu deslizando por estrada de terra e pedras e ela estava com um biquíni menorzinho, uma tanguinha de carioca e ela estava mais linda ainda com o cabelo esvoaçante e um sorriso e na capota do carro do Vanderlei tinha uma prancha de surf e o Vanderlei falou comigo:

— Entra aí, garotão!!!!

Ela ria, ria, ria, ria e eu entrei no carro e ela estava fumando um cigarro e o Vanderlei aumentou o volume do som e acelerou forte, cantando pneu, e logo saiu da estrada de terra e entrou na rodovia federal à beira-mar, a Rio-Santos, e o Vanderlei pisava forte, corria muito, fazia as curvas no limite e ela ria, ria, ria, ria, e eu estava apavorado e aquele mar, aquelas ilhas e aqueles barquinhos. E o Vanderlei passou a marcha e colocou a mão nas pernas dela, nas coxas dela, e ela olhou para mim, no banco de trás, e disse:

— Isso é que é carioca!

Eu concordei com ela:

— É, eu sei. Eu também sou assim.

— Assim como? Carioca? — ela perguntou.

— É. Eu sou carioca e eu sou surfista lá no Rio.

Ela quase teve um troço de tanto rir e a cara que o Vanderlei fez nessa hora era uma mistura de deboche e pena ao mesmo tempo. O Vanderlei então estacionou o carro no Arpoador, Rio.

— Então vamos ver o surfista no mar. Tem altas ondas hoje.

Ela parou de rir de repente e até tentou me proteger:

— Não faz isso com ele, cara. Coitado.

— Pô, gatinha, olha o mar! Quem pega onda não pode perder um mar desses. Tá perfeito!

— E você acha que ele é surfista mesmo? Que ele é carioca? Esse cara deve ser de Taubaté.

Eu não tive coragem de dizer nada e o Vanderlei foi saindo do carro e ela foi saindo do carro e eu fui saindo do carro e eu estava usando um shorts meio antiquado, completamente fora do padrão carioca, do padrão surf, e a praia estava cheia de meninas iguais a ela, usando esse tipo de biquíni carioca, e de carinhas iguais ao Vanderlei, todos cariocas, com umas bermudas floridas e uns cabelos louros compridos e todo mundo no Arpoador era muito mais bacana do que eu.

O Vanderlei tirou a prancha dele do rack em cima do carro e a ofereceu para mim. Eu peguei a prancha e eu entrei no mar e eu fui remando na direção das altas ondas e eu não tinha a menor ideia do que fazer para ficar de pé em cima de uma prancha e, mesmo deitado, eu ficava escorregando para os lados, sem controle, e eu não coloquei a cordinha no pé e a primeira onda que bateu me separou da prancha do Vanderlei, e nem nadar direito eu sabia e a prancha foi para um lado, eu para o outro, e outra onda quebrou bem em cima de mim e eu afundei e, quando eu voltei à tona, o mundo estava girando e bateu outra onda e outra e outra e eu comecei a beber água e a ficar muito desesperado, e o salva-vidas apareceu gritando "calma, calma", mas eu não fiquei calmo coisa nenhuma e eu me apoiei desesperado na cabeça do salva-vidas e o salva-vidas afundou e eu afundei e o salva-vidas e eu voltamos à tona e o salva-vidas deu uma porrada bem no meio da minha cara.

Eu estava ao lado dela, no cinema da pequena cidade à beira-mar, assistindo *Quo Vadis* e ela tomou a iniciativa, dizendo:

— Já que você não beija...

E ela ia me beijar na boca, mas não era ela, era o salva-vidas do Arpoador quem estava beijando a minha boca, respiração boca a boca, e eu abri os olhos e o sol estava muito forte e ofuscou a minha visão, que foi se recuperando aos poucos, enquanto o salva-vidas beijava a minha boca, e o rosto dela e o rosto do Vanderlei entraram em close no meu campo de visão.

— Altas ondas, hein, garotão?! — era o Vanderlei.

— Aí, carioca!! Aprendeu a beijar na boca? — era ela com a risada sacana.

Mas ela não era uma menina sarcástica de verdade, nem diabólica, nem sacana.

Ela era só uma menina de cidadezinha à beira-mar e estava no palco armado no meio da quadra do ginásio de esportes, lendo um poema muito ingênuo, de adolescente, de uma menina que estava começando a descobrir poesia, no Concurso Municipal de Poesia Professora Idalina Graça.

Foi bonitinho ver ela recitando aqueles versos finais:

E a gaivota voa e segue seu rumo
Livre, solta, infinita
E mesmo que a dor me encontre
Agradeço ao universo por estar viva

E o ginásio de esportes tinha um teto curvado e a aparelhagem de som do festival de poesia era de péssima qualidade e ela falava um pouco gritando, emocionada, e o som batia no teto curvo do ginásio e reverberava e a voz dela saía metálica, esganiçada, e ela parecia tão ingênua, lendo poesia.

Quando acabou de ler o poema, todos que estavam no ginásio se emocionaram muito e tinha até gente chorando e ela olhou para mim, no segundo degrau da arquibancada, e ela estava suada, com o rosto vermelho e sorrindo um sorriso puro.

Sim, ela olhou para mim e eu não acreditei e eu virei as costas e eu fui andando na direção da saída e, quando eu atravessei o portão, ela estava me esperando, do outro lado da rua, apoiada no capô de um carro e eu fiquei desconfiado. Mas o sorriso dela estava diferente, benévolo, e eu não sabia se eu voltava ou se eu virava para qualquer lado e saía correndo, mas foi ela quem decidiu por mim:

— Eu queria conversar com você — ela intimou.

— Fala.

— É que parece que você fica fugindo de mim. Sabe, cara, eu gosto muito de você. Foi pra você esse poema que eu escrevi. Eu sou a gaivota, entende? Eu tento de tudo quanto é jeito me aproximar de você, passar mais tempo junto com você. Dividir com você um pouco daquilo que eu sou.

E ela me amava tanto, que, quando o Vanderlei apareceu, com aquele jeito caipira dele, todo encolhido, oferecendo pipoca com groselha para ela, ela disse assim para o coitado do Vanderlei:

— Agora não, Vanderlei. Agora eu estou conversando aqui um assunto importante.

— Mas você não queria pipoca? Eu fui buscar pra você.

— Pipoca, Vanderlei? Eu aqui falando em poesia e você pensando em pipoca?!?!? Sabia que ele é poeta?

— Não. Poeta eu não sou. Eu não escrevo. Eu só leio.

O Vanderlei estava sem graça e começou a comer as pipocas, olhando para ela, com um olhar apaixonado. Ela continuou a me elogiar para o Vanderlei:

— Sabe, Vanderlei, agora eu quero ficar é com alguém mais profundo. Uma pessoa que nem ele, que lê poesia, acaba sendo mais interessante. Você é legal, Vanderlei. Mas ser legal não basta. Você entendeu o poema que eu escrevi, Vanderlei?

— Claro que eu entendi — balbuciou o Vanderlei.

— Então, do que é que eu estava falando?

— Como assim? Você estava falando da gaivota que voou e que fez você ver que estava viva. Não é?

— Tá vendo? Ouviu o galo cantar e não sabe onde. Explica pro Vanderlei, explica — ela me pediu.

Eu não sabia o que dizer. Eu achei bonitinho o jeito como ela leu o poema, mas o poema era meio ruim e obviamente eu não queria dizer isso para ela, então eu improvisei:

— O poema quer dizer que, mesmo nos piores momentos da vida, temos que nos lembrar de que, enquanto houver vida, ainda podemos sonhar com os voos mais altos.

Deu certo e ela disse, entusiasmada comigo:

— Exatamente! Viu, Vanderlei? Tem que prestar atenção nas coisas. Quando eu estava lendo o poema, lá no ginásio, você estava pensando em quê, Vanderlei? Em pipoca com groselha?

— Você não quer mais namorar comigo? É isso? — perguntou o Vanderlei, com a voz embargada.

Ele parecia eu. Ele era igual eu.

— Claro que não quero mais, né, Vanderlei?! Demorou pra perceber!

O Vanderlei percebeu, virou as costas e foi andando, indo embora devagar. E ela voltou a falar de poesia:

— Aqui nessa cidade, acho que eu e você somos as únicas pessoas que já leram um livro de poesia na vida. Eu sempre reparei que você tinha uma coisa diferente, desde que você chegou do Rio. Você é bem mais, assim, tipo culto do que esse pessoal daqui, mas também não é metido que nem carioca. É por causa da poesia. Viu como você entendeu perfeitamente os meus sentimentos? Os sentimentos que eu quis expressar na minha poesia? Você não quer me pedir pra namorar, não?

— Você quer namorar comigo?

Ela fez que sim com a cabeça, e o sorriso dela era igual ao sorriso da primeira vez em que eu vi ela e eu aproximei a minha boca da boca dela para beijá-la. Mas ela afastou o rosto e disse:

— Aqui não. Vamos pra casa.

Ela me deu a mão e nós fomos caminhando para casa, devagar. Eu aproveitei para explicar algo a ela e exibir meus conhecimentos sobre poesia:

— Você não vai ficar chateada se eu te disser algo?

— Claro que não. Pode falar.

— É que o que você escreveu não é uma poesia. É um poema. Poesia é mais um jeito de ver o mundo, uma forma de explicar o mundo usando a emoção. Poesia é algo abstrato. Já o poema é concreto. É o texto concreto escrito com poesia. Você escreveu um poema, cheio de poesia, entendeu?

— Entendi. O poema são as palavras que estão no papel. Poesia é esse seu jeito, esse sentimento que eu sinto quando olho pra você.

Aquilo foi tão lindo, isso dela dizer que sente poesia por mim, que eu nem tive vontade de falar mais nada. Ela e eu seguimos nosso caminho em silêncio e, em casa, nosso quarto estava escurinho, só com a luz da TV em preto e branco, onde passava um filme com o Elvis Presley no Hawaii. Eu acordei e estava quente, ela dormia ao meu lado e havia uma lagartixa no teto e ela abriu os olhos e pediu:

— Chega pra lá. Você tá todo suado. Não gosto que você encoste em mim quando tá desse jeito.

Eu me afastei dela, eu fui até a janela, eu olhei a cidade grande lá embaixo, a cidade enorme, as luzes refletindo um tom alaranjado no céu, e eu senti algo que eu tinha que explicar para ela. Eu sacudi ela e ela não queria despertar. Ela ficou balbuciando umas coisas que não dava para entender, hum... nhmmm... hum hum, fingindo que estava dormindo. Até que ela levantou o tronco repentinamente, chutando o lençol para o alto, com força, brava:

— Pô, cara! Que horas são? Sacanagem você me acordar assim! Pô! Que susto!

E eu falei baixo:

— Lembra uma vez, quando a gente começou a namorar e eu tentei te explicar o que era poesia?

— Que poesia, pô? Que papo é esse, hein?

— Eu queria que você fosse até a janela e olhasse o cenário.

Ela se levantou muito brava, olhou rapidamente pela janela e se virou para mim:

— Tá. E daí?

— Então: isso é que é poesia.

— Porra!!!!!!!!!!!!

Ela era linda e olhava para mim como se eu fosse o ser humano mais insuportável, mais asqueroso que existe. Eu era um chato e eu fiquei com muita pena de mim mesmo, da minha poesia diante da insensibilidade dela.

Ela e eu voltamos para a cama e nos deitamos afastados um do outro, olhando para o teto e o céu estava cheio de estrelas, límpido, e a cidade de veraneio à beira-mar, naquela época, uma terça-feira, fora do verão, numa noite de agosto, parecia uma cidade fantasma. Não havia qualquer movimento nas ruas. Ela e eu estávamos sentados debaixo de uma amendoeira, num banquinho de madeira feito de algum resto de canoa, na areia da praia, as estrelas, a lua cheia, o barulho das ondas quebrando na areia, os siris correndo de lado na areia, os barquinhos, o barulho do motor dos barquinhos, as luzes dos barquinhos, os morcegos voando ao redor da amendoeira, o parquinho de diversões desligado, com as luzes apagadas, a alguns metros.

Ela foi sincera comigo:

— Sabe, cara, eu queria que você soubesse que eu gosto muito de você. Você é um cara que me entende, que tem muitas coisas em comum comigo: a poesia, esse nosso jeito de ver a vida. Desde a primeira vez que eu te vi, lá na pracinha, eu percebi que você era diferente. Eu tenho muita simpatia por homens tímidos, mas não precisava ser tanto. Lembra a gente no cinema? Eu queria te beijar, mas você nem pegar na minha mão pegou.

— Peguei sim — protestei, tentando me justificar.

— Uma vez só e daquele jeito todo atrapalhado, a mão suada. Namorar é outra coisa. Eu ainda prefiro que o homem tome a iniciativa, seja mais ousado. A gente já namora faz um tempão e até hoje você não me deu nem beijo. Você não acha isso meio estranho, não?

— Eu posso te beijar agora.

— É um pouco tarde demais. Tá certo, eu não gosto muito de gente metida e carioca é muito metido a besta. Você é diferente, mas também não precisava ser tão diferente assim. Na verdade eu esperava um pouco mais de malícia de um carioca, de um cara que já é de maior.

— É que eu te amo.

— Mais uma razão pra você me beijar.

— Eu não queria já ir abusando, já ir dando beijo de língua, já ir passando a mão.

— Quem falou em ir passando a mão? Mas beijo na boca é a coisa mais normal do mundo. Eu tenho uma amiga que tem uma prima, lá no Rio, que já beijou vários caras que nem namorados dela eram.

— Então deixa eu te dar um beijo.

— Agora passou a vontade. Acho que o que eu sinto por você é só amizade. Não. É bem mais do que isso. É como se a gente fosse irmãozinho. A gente conversa, lê poesia, passeia, mas não tem aquele algo mais. Sabe, cara, uma mulher também gosta de se sentir amada de outra forma, de sentir que o homem sente atração pela gente.

— Mas eu sinto muita atração por você.

— Só que nunca demonstrou. Toda vez que eu chego mais perto, você dá um jeito de virar o rosto, inventa qualquer desculpa, qualquer assunto pra não ter que me beijar. Me diz uma coisa: você é virgem?

— Claro que não — eu menti.

— Com quem você já fez?

— Com uma namorada que eu tinha lá no Rio.

— E fazer comigo? Você não tem vontade de fazer nada comigo, não?

— Ter eu tenho. Mas a gente ainda nem beijou na boca.

— Então, cara. Parece até que eu sou mais velha do que você, que eu sou mais experiente.

— Mas você é de menor. É você que é de menor.

— E daí, cara? Você não precisa agora pular em cima de mim, já querendo ir mais longe, já querendo mais. Eu estou falando de beijo, de carinho, de abraço.

— Mas você quer ou não quer?

— Olha só: com você, eu só quero amizade.

— E se eu te beijar agora?

— Não. Agora não. Você já teve muitas chances e não fez nada. Agora eu perdi a vontade. Tenta entender: a gente, mulher, gosta de namorar é com homens que ensinam alguma coisa pra gente, que tomam a iniciativa nessas coisas de beijo et cetera. Que ensinem a gente como é que se faz, que sabem pegar a gente com um pouco de força e com carinho ao mesmo tempo. Você virou um irmãozinho pra mim. Não consigo enxergar você como homem, como namorado. Até hoje eu não fiz nada de mais com nenhum cara. Eu só beijei uns dois ou três na vida, o Vanderlei e uns caras de fora, no escuro, dançando no Le Bateau.

— Certo, tudo bem. Mas então deixa eu te beijar agora.

— Você insiste, né? Então tá. Então beija.

Eu virei o rosto para ela. Ela virou o rosto para mim, com o sorriso sarcástico. Eu fui aproximando minha boca da boca dela, eu já estava começando a suar e, na última hora, acabei desviando a cabeça. Eu olhei para o céu e suspirei fundo, os olhos lacrimejantes. Ela também se virou e continuou sorrindo daquele jeito que me dava medo e vergonha. Depois falou:

— Não vai dar, cara. Mas, por favor, vamos continuar amigos. A gente pode continuar saindo junto, lendo junto. Abriu um curso de teatro lá na Fundação. Você não quer participar junto comigo?

— Então eu nunca mais vou poder beijar você?

— Quem sabe um dia? No futuro. Talvez você precise ainda ganhar mais experiência, conhecer outras meninas, sabe? Aprender um pouco mais sobre essas coisas, aprender a tratar uma mulher.

— Mas eu já sei — insisti.

— Se sabe, então mostra, vai. De novo. Mais uma chance, vai.

Ela ficou esperando e me deu uma loucura, um desespero. Lentamente, eu tirei os sapatos, as meias. Eu me levantei do banquinho e eu comecei a desabotoar a camisa, depois eu tirei a calça. Ela ia ver só. Mas eu nunca fui de nada e eu não tive coragem de tirar a cueca na frente dela, claro. Eu fui andando na direção do mar, eu entrei na água e eu só tive coragem de tirar a cueca quando eu já estava com a água na altura da cintura. Eu tirei a cueca e joguei na direção da areia. A cueca foi levada por uma onda e desapareceu e a água no lago da cachoeira estava muito fria e eu estava todo encolhido, morrendo de vergonha, com a água na altura da cintura, olhando para ela e as duas amigas dela atrás da queda-d'água.

Ela e as amigas dela estavam nuas, mas eu não conseguia ver direito o corpo delas atrás da cachoeira. Só um pedaço aqui, outro ali. Ela, as amigas dela e eu éramos a turma de jovens meio hippies da cidadezinha à beira-mar e eu fazia pulseirinhas de macramê e ela escrevia poemas e nós fazíamos parte do grupo de teatro daquela cidade e nós fazíamos trilhas pela serra do Mar e frequentávamos praias e cachoeiras virgens.

Eu queria entrar debaixo da cachoeira e ficar junto com elas, mas eu disfarcei, aproveitei uma hora que ela e as amigas não estavam olhando e eu saí de fininho, vesti a sunga e voltei para a casinha que a amiga dela tinha, no meio do mato, perto da cachoeira. E quando eu cheguei na casinha, eu me deitei na rede e fiquei balançando, ouvindo os passarinhos, os tiês-sangue.

E ela depois estava deitada comigo na rede, ela e eu lendo poesia, e a noite foi caindo, a lua, os vaga-lumes etc., e ela me convidou para entrar na casa e ela e eu entramos e a amiga dela, dona da casinha, estava beijando o Vanderlei na boca, no sofá. E a outra amiga dela estava na cozinha, com um outro cara lá, beijando esse cara, dando uns amassos e não havia luz elétrica na casinha, apenas lampiões.

E ela foi me levando para um quartinho da casinha, e havia um lampião e o som dos grilos e dos morcegos lá fora e eu me sentei na cama e ela se sentou ao meu lado com aquele sorriso. Ela olhou para mim, eu olhei para ela e eu comecei a chorar muito, descontrolado, catártico, e eu contei toda a verdade a ela:

— Eu não sou essa pessoa que eu disse para você. Eu não sou do Rio e eu nunca peguei onda e eu sou de Taubaté e eu treinei muito para ter sotaque de carioca, pra falar o erre de carioca, mas eu sempre deixo escapar o erre do interior, não sei como você ainda não percebeu, e eu sou virgem e eu nunca nem beijei alguém na boca e eu tenho tanto medo de que você perceba isso, que tudo fica mais difícil ainda e eu acabo ficando muito nervoso quando você está perto de mim e eu tenho tanto medo de que você descubra que eu não sou do Rio, que descubra que eu sou virgem, que eu não sei nem beijar na boca, que, quando eu estou perto de você, eu não fico bem e eu me sinto um idiota mentiroso e eu fico com vontade de sair correndo, de nunca mais ver você e acabar com esse pavor que eu estou sentindo agora.

— Pô, cara...

— E eu não gosto dos poemas que você escreve, porque os seus poemas são bobinhos, são pretensiosos, são adolescentes, e eu não gosto dessas suas amigas exibidas, que já saem agarrando qualquer um desses carinhas, só porque eles são de fora. Eu gosto muito de você, eu te amo e eu tenho muita vergonha de mim, por eu ser assim, por ter medo de você e das suas amigas. Eu tenho medo de todo mundo descobrir que eu não sou carioca, medo que as suas amigas fiquem sabendo que eu sou virgem, que eu sou de Taubaté! De Taubaté! Eu sou de Taubaté e eu nunca dei um beijo numa menina. E agora mesmo eu fiquei muito apavorado mesmo quando você veio me trazendo pro quarto. E eu vi aquele Vanderlei, lá com a sua amiga, no sofá. Eu fiquei com medo de você querer fazer alguma coisa comigo, vendo que todo mundo tá se agarrando. A gente sentou na cama e você vem com esse risinho, rindo de mim. E você é tão grande, é tão superior a mim, mesmo sendo só uma menininha e você sabe que pode fazer de mim o que quiser e que eu faço qualquer coisa pra ficar perto de você. Eu reparo que você e as suas amigas agora estão descobrindo esse negócio de poesia, teatro, nadar pelado na cachoeira e elas ficam se agarrando com esses carinhas e você queria estar que nem elas, mas eu não sei o que é que eu faço com você. É pra fazer o quê? Você, as suas amigas, esse Vanderlei. Vocês são tão desinibidos! E eu queria ser como vocês também. Por isso é que eu aprendi a fazer pulseirinha pra vender na feira hippie. Por isso é que eu entrei no grupo de teatro, por isso é que eu deixei o cabelo crescer. Você tem ideia do que foi, pra mim, tirar a roupa na cachoeira? Ficar lá todo encolhido, com medo de vocês verem. Você tem ideia de como eu me sinto na aula de teatro, quando eu tenho que fazer esses exercícios com as suas amigas? Elas sempre me medindo. Elas, você, vocês todas, sempre superiores, sempre acima de mim, umas menininhas de cidade pequena. E eu sempre encabulado. E aqui na cidade todo mundo acha que eu sou bicha, só porque eu gosto de ler, só porque eu sou diferente desses caras. Eu não sou como esse pessoal daqui. Eu sou diferente. Eu sou muito diferente! Diferente!

E, no fim do monólogo, eu estava exausto e o nosso professor de teatro estava muito emocionado. Ela, as amigas dela e os carinhas, menos o Vanderlei, com lágrimas nos olhos e ela estava me amando muito naquele momento. O Vanderlei, naquele momento, era nada perto de mim. Porque eu é que sou um cara diferente.

Ela subiu no tablado e me abraçou, toda emocionada, e foi uma glória. E até os carinhas, até o Vanderlei, até as amigas dela, vieram me cumprimentar. Aquela amiga dela, a mais desinibida, falando comigo:

— Aí, hein, carioca!?! Você devia voltar pra sua terra e fazer um teste pra trabalhar em novela!

E o Vanderlei estendeu a mão dele para me cumprimentar:

— Parabéns.

E o professor enxugou as lágrimas com um lencinho e pediu que a gente se sentasse e começou a lição:

— Foi muito bonito isso que aconteceu aqui hoje. Pela primeira vez, um de vocês realmente buscou, no fundo da alma, os sentimentos verdadeiros. Alguém aí falou em televisão, em novela, mas isso aqui é outra coisa. O objetivo aqui não é esse. O objetivo aqui é fazer com que vocês se libertem desses condicionamentos que são impostos a todos nós no dia a dia. Vivemos numa sociedade que privilegia o status quo, as aparências. Ser um ator de verdade não é só fazer novela de televisão. Um ator, ou qualquer artista, não deveria nem se considerar um profissional. Porque a gente tem uma profissão é para ganhar dinheiro, que é o oposto da poesia e da arte. O que eu pretendo despertar em vocês aqui é a necessidade de entrar em outras esferas, é despertar a raiva de vocês contra a realidade arbitrária, contra Deus até. A missão do artista é desafiar Deus. É perguntar, a Deus, por quê. E foi isso que aconteceu aqui hoje. O que aconteceu aqui hoje foi uma pessoa se prostrando diante de Deus e perguntando: por quê? Pô, gente. Eu tinha tanta coisa a dizer pra vocês.

E ela nem prestava atenção no que o professor dizia. Ela ficava só lá, olhando pra mim, admirada.

O professor de teatro concluiu:

— Mas o momento agora é de refletir. Então, eu peço a cada um de vocês, como exercício, como laboratório, que, quando chegar em casa e se deitar na cama, tente falar para si mesmo o próprio monólogo e, até a próxima aula, elabore esse monólogo até que ele fique decorado na cabeça. A única regra é ser verdadeiro, é falar no monólogo apenas a verdade sobre si mesmo. É. Eu tenho tanta coisa para dizer a vocês! Mas acho que vocês ainda não estão preparados para entender.

O professor de teatro pegou a bolsa dele e foi saindo da sala com um ar afetado, os olhos ainda lacrimejantes.

Ela, as amigas dela, o Vanderlei, os carinhas e eu também saímos. Todos em silêncio. Ela sorrindo para mim de um jeito até submisso e eu botei meu braço no ombro dela e isso foi um gesto de extrema coragem. Ela e eu entramos no ônibus e, dentro do ônibus, estavam todos gritando, rindo, tocando instrumentos de percussão e, além dos atores do nosso grupo, havia uma banda de rock, um grupo de jongo, um gaúcho a caráter tocando acordeom, um grupo de dança com umas bailarinas lindas, tinha um índio e o motorista estava mal-humorado:

— Aí, pessoal, se não parar com a bagunça, a gente não vai sair!

Atrás do nosso, havia ainda mais dois ônibus, também cheios desses artistas muito loucos, cantando, fazendo barulho, aqueles gritinhos, umas meninas lindas que eu nem reparava, porque eu só olhava para ela, enquanto ela ficava olhando para todos os caras do ônibus e eu, muito inseguro, ficava olhando para a cara dela, vigiando o olhar dela. A bagunça não parou, mas o motorista deu partida no ônibus assim mesmo, de madrugada, e o ônibus foi saindo do Rio de Janeiro e pegou a estrada, pelo litoral, e o dia foi amanhecendo, o nascer do sol, o mar lá embaixo, os barquinhos, as gaivotas, e eu não parava de olhar para ela e ela dormia.

Ela e eu e o nosso grupo de teatro e aqueles caras todos tocando tambores e as bailarinas lindas fomos deixando o ônibus, adentrando a aldeia de pescadores perto da cidadezinha de veraneio à beira-mar e o pessoal da aldeia de pescadores não estava muito interessado em teatro de rua, em balé, em jongo, nada disso, e as crianças da aldeia de pescadores ficavam olhando para a gente com cara de nada e os adolescentes da aldeia de pescadores ficavam olhando para a gente com cara de quem não está gostando e ainda bem que havia as bailarinas lindas para os adolescentes do sexo masculino da aldeia de pescadores ficarem olhando. Porque, senão, o clima podia até ficar pesado e a coisa podia ficar feia, mas ela, eu e os artistas insistíamos em fazer cultura popular com aquele povo e, quando eu me dei conta, ela estava no meio de uma roda de caiçaras adultos do sexo masculino:

E a gaivota voa e segue seu rumo
Livre, solta, infinita
E mesmo que a dor me encontre
Agradeço ao universo por estar viva

Ela terminou o poema e ela estava vermelha, suada, e os caiçaras do sexo masculino estavam imóveis ao redor dela, com
uns sorrisos meio encabulados e meio irônicos ao mesmo
tempo e eu fiquei com vergonha por ela, mas eu amava ela
muito e fui falar com ela e ela me abraçou emocionada e
perguntou:

— Você gostou?

Não. O poema dela era ruim, a performance dela era piegas,
ela parecia uma menininha de cidade pequena descobrindo a
poesia, o teatro, ouvindo o galo cantar sem saber onde e eu estava sempre mentindo:

— Você foi ótima!

E ela acreditou e ela me abraçou de novo e nós passamos
o dia inteiro na praia dos pescadores que gritavam cada vez
mais, bebendo cachaça, os caiçaras ficando doidões, cercando
as meninas do balé, e as mulheres dos caiçaras arredias, mantendo uma certa distância, e os carinhas caiçaras fazendo cara
feia para os carinhas artistas e as meninas caiçaras fazendo
cara feia para as meninas bailarinas e a lua nasceu vermelha
na linha do horizonte, por detrás do mar.

Nós, os artistas, voltamos para o ônibus e a praia ficou
cheia de caiçaras espalhados pela areia, uns apagados, outros
ainda bêbados, gritando coisas que não dava para entender, e
a noite era linda e o ônibus partiu e a lua, as estrelas e as luzes
dos barquinhos no mar lá embaixo e ela quis saber:

— Posso te pedir toda a sua sinceridade?

— Pode, sim. Diz.

— Você gostou mesmo?

— Muito — eu não tinha como ser sincero.

— E o pessoal da praia? Você acha que eles gostaram?

— Aí é difícil saber. Não sei se eles entendem muito essas coisas.

Ela virou o rosto para a janela e ficou em silêncio por algum tempo. Depois de um dia como aquele, os carinhas músicos e as meninas bailarinas estavam quietos e eu peguei na mão dela e ela olhou para mim e para a lua, pela janela do ônibus, e para mim de novo e ela falou:

— Sabe, cara, eu gosto muito de você. Eu te amo. É tão bom passar um dia como esse do seu lado. Nessas coisas de teatro, de poesia, você é a pessoa que eu mais gosto de estar junto. Mas eu acho que a minha história com o Vanderlei ainda não acabou. É outro tipo de relação, diferente do que eu tenho com você. Eu e o Vanderlei nem temos assunto um com o outro. Ele é meio interiorano. Não sei explicar. Eu só sei que tem algo que ainda me une ao Vanderlei.

O ônibus passou pela pracinha da cidadezinha à beira-mar, com a igreja matriz e o cinema onde passava *No paraíso das solteironas*, do Mazzaropi, e uma carrocinha de pipoca com groselha. E o Vanderlei estava no fundo do ônibus, com o pessoal da banda dele, os caras todos vestidos de roqueiro heavy, ou hard, hard cool very heavy jungle techno, e eles estavam todos hiperexcitados, falando alto, gritando, parecendo umas adolescentes histéricas de cidade pequena e o Vanderlei era um cara muito louco e me chamou:

— Aí, cumpádi, chega mais!

Eu fui lá falar com o Vanderlei e o Vanderlei falou comigo:

— Seguinte, brother: tô precisando de um baixista e me indicaram você.

O nariz do Vanderlei estava escorrendo, o Vanderlei fungava, e havia uma espuminha branca nos cantinhos da boca do Vanderlei e o Vanderlei me queria:

— Junto comigo, você vai poder aprender muita coisa, brother! É rock! O rock vai voltar! Vai ter uma nova era do rock e nós vamos estar nela! Nós vamos chegar primeiro! Você não pode perder essa chance de participar nesse meu trabalho!

Eu não sei por quê, mas eu aceitei. Eu nunca fui com a cara do Vanderlei, eu não queria ser obrigado a usar essas fantasias de hard heavy alguma coisa e o cara, o Vanderlei, estava pegando a menina que eu amava, e eu aceitei:

— Tudo bem, eu topo.

— Valeu, cumpádi. Comigo você vai arrebentar — ele disse.

Ela se levantou e veio na nossa direção e o Vanderlei olhou para ela com um sorriso meio nojento e disse:

— Chega mais, gatinha!

Ela chegou e abraçou o Vanderlei e beijou o Vanderlei, na boca, e eu fiquei parado ali olhando e ela e o Vanderlei se sentaram juntos e ficaram se agarrando, dando uns amassos. Eu voltei para a minha poltrona e fiquei olhando pela janela, para a lua e as estrelas, um céu lindo sobre o palco ao ar livre e eu tinha um cabelo todo assim, uma roupa toda assim, uma bota de cano alto toda assim e eu fazia uma pose toda assim, de rock. E as meninas todas da plateia me amavam demais enquanto eu tocava.

O show acabou e eu fui para o camarim e ela estava lá, sem sorriso, sentada num canto. Umas meninas ficavam me seguindo, tentando falar comigo, me beijar, e eu olhava para ela, orgulhoso por ter um monte de meninas me amando ao meu redor.

Eu afastei todas as meninas, que eram todas lindas, e fui para perto dela e eu bati a porta do camarim e ela disse:

— Que decepção, cara. Eu nunca podia esperar que eu fosse te encontrar assim, vestido com essa roupa ridícula. Isso não tem nada a ver com você, com as coisas que fizeram eu me apaixonar por você. Não tem nenhuma poesia nesse tipo de música. Eu não gosto de rock e você também não gosta. Desse jeito, acho que não vai dar pra gente continuar. Nós precisamos ser fiéis a nós mesmos, não desistir daquilo que a gente acredita. Sabe, cara, eu acho que a minha história com o Vanderlei ainda não acabou. Eu te amo, mas esse seu lado carioca, exibicionista, está me afastando de você.

O Vanderlei entrou no camarim e ele era um jovem sóbrio, meio tímido, bem penteado e educado. O Vanderlei me estendeu a mão e nós nos cumprimentamos:

— Como vai? — ele perguntou.

— Joia — eu respondi.

O Vanderlei deu um beijo leve na boca dela. Um selinho.

— Vamos? — o Vanderlei convidou ela.

Ela e o Vanderlei viraram as costas para mim e foram. Ela nem falou mais nada comigo. Eu me deitei num sofá do camarim e havia aquelas luzes muito fortes.

Eu abri os olhos e dei de cara com o sol. Em seguida, os rostos dela e do Vanderlei entraram em close no meu campo de visão e ela disse:

— Você não precisava fazer isso, cara. Você mal sabe nadar!

— Tá maluco, brother? O mar hoje não tá pra qualquer um. Se tu não sabe pegar onda, não devia ter caído — completou o Vanderlei.

E o salva-vidas:

— Toda hora tem neguinho morrendo desse jeito. Quem não se garante não pode ir entrando assim. Cada um que me aparece.

E havia um monte de meninas e de carinhas em volta de mim, falando aquelas coisas, rindo:

— Paulista. Esse cara só pode ser paulista!

— O salva-vidas teve que dar uma porrada na cara dele, pra ele apagar e o salva-vidas conseguir tirar ele da água.

— Que mané!

— Domingo não dá pra vir na praia. Só tem paulista!

Ela e o Vanderlei foram andando de mãos dadas e eu fiquei sozinho na praia, perdido, sem saber direito o que fazer, pra onde ir.

Eu saí andando por Ipanema e acabei entrando no cinema e estava passando um filme do Jerry Lewis e ela se sentou na cadeira ao meu lado e não olhou para mim durante todo o filme. Nós saímos do cinema juntos, pegamos juntos um ônibus e, sem trocarmos uma palavra, fomos para Laranjeiras, para o apartamento onde eu morava com o meu pai, no Rio, e, quando nós entramos no apartamento, o meu pai estava na sala, assistindo televisão. E o meu pai foi logo avisando:

— Amanhã cedo eu vou precisar do banheiro. Se alguém quiser tomar banho, é melhor usar o banheiro agora.

— Boa noite — eu disse para o meu pai.

— Boa noite — ela disse para o meu pai.

E o meu pai não disse mais nada e ficou na frente da televisão colorida. Ela e eu fomos para o meu quarto e ela foi para o banheiro com uma toalha e eu fiquei no quarto e liguei a televisãozinha em preto e branco e estava passando um filme com a Marilyn Monroe e eu tirei o som da televisão, fui para a janela e fiquei olhando a vista da grande cidade, o Cristo Redentor, as luzes dos prédios com as janelas abertas e aquelas pessoas todas vivendo a vida delas, a Grace Kelly numa janela, inúmeros casais brigando, discutindo, gritando, e uma janela bem em frente à minha, onde uma mulher visivelmente bêbada, de penhoar, estava agarrando o marido de gravata pela perna, e aquilo tudo que acontecia nas janelas era um poema e ela voltou do banheiro enrolada numa toalha, cheia de frescor, um sorriso maravilhoso e até amor no olhar e ela quis saber:

— É poesia?

— Vem aqui ver. Só esse prédio aí em frente já é um poema e tanto. Um poema épico.

E eu abracei ela pela cintura e nós nos amávamos.

Ela começou a falar:

— Sabe, cara? Eu te amo, mas é de um jeito diferente. Eu ainda tenho uma ligação muito forte com o Vanderlei, que é uma coisa mais adulta. Eu me sinto mais mulher quando estou com ele. Esse negócio da gente dormir aqui, na casa do seu pai, é muito constrangedor. Eu não me sinto à vontade. Quando eu estou na casa do Vanderlei, a gente fica mais à vontade. A gente sai de carro pela cidade, de noite. Eu sei que o Vanderlei não vê nada disso, não tem essa sensibilidade que você tem. Eu consigo entender bem essa coisa da poesia que você fala, mesmo do lado dele. Às vezes tem essa poesia da cidade grande, à noite, com chuva. E o Vanderlei me leva pra jantar, a gente toma vinho.

— Então, esse negócio que você tem com o Vanderlei é isso? Carro, vinho, restaurante caro. O que te interessa, então, é homem que tem dinheiro?

— Não é isso. É que o Vanderlei é homem, homem mesmo, homem adulto. Homem resolvido na vida. Quando eu chego na casa dele, eu faço o que eu quero, vou na geladeira, tiro a roupa, vou no banheiro na hora que eu quero, entende? Aqui na casa do seu pai fica tudo difícil. A gente não tem privacidade. E de noite? E se eu fico com sede de noite? Aí eu tenho que me vestir inteira, entrar nesse corredor escuro aí, tomando o maior cuidado pra não acordar o seu pai e ele sempre acorda e eu sempre dou de cara com ele nesse corredor escuro. O Vanderlei não tem pai em casa. A geladeira é dele, o banheiro é dele, o sofá é dele, a televisão é dele e a cama é dele, do Vanderlei, homem adulto. Não precisa fazer silêncio, não precisa apagar a luz. Percebe?

— Mas você estava tão bonita quando entrou aqui no quarto. Parecia tão feliz. Eu pensei que você estava me amando.

— Eu sempre falo isso pra você e eu não queria ter que ficar falando toda hora. Eu te amo, mas é de outro jeito. Eu não vejo a nossa relação como uma relação entre homem e mulher.

— O Vanderlei é só por causa disso: carro, apartamento bacana e a geladeira. Tem champanhe lá dentro?

— Às vezes até tem, por quê?

— Porque é muito cafona esse Vanderlei. Que nojo!

— Você está sendo preconceituoso, só porque o Vanderlei é bem-sucedido na vida. Andar de carro é melhor do que andar de ônibus, cama grande é melhor do que cama apertada e ele gosta de champanhe. Eu também gosto de champanhe. Então, não vamos deixar de tomar champanhe só porque tomar champanhe se enquadra no seu preconceito contra burguesinho, riquinho, filhinho de papai. Pensando bem, o filhinho de papai é você. É você quem mora com o papai. O Vanderlei é independente. E você? Faz o quê?

— Mas e a poesia?

— Poesia tem limite, né?

— Não tem jeito. Você não vê nada mesmo. Eu te mostro essas coisas todas… essa noite meio mágica lá fora. Olha a Marilyn Monroe nessa TV em preto e branco. Você com o cabelo molhado. Você não consegue ver poesia nas coisas mesmo.

— Cara, é só uma vista normal de um prédio em Laranjeiras. Eu sei que você tem um apego profundo por essa televisão, que você não desliga ela nunca. Mas essa viagem é sua, cara. Televisão colorida é mais bonito. Eu acho. E homens adultos me atraem mais mesmo.

— Mas eu é que sou adulto. E você é que é de menor.

— Na idade você até pode ser mais velho do que eu, mas na mentalidade cada vez eu acho mais que você é um garotinho, comparado comigo. E eu nem fiz dezoito anos e não quero ser mãe de ninguém. Não sou eu que vou te ensinar como é que se trata uma mulher. Com esse seu negócio de poesia, essa sua falta de firmeza masculina, você parece uma freira virgem.

Como sempre, nessas horas, eu fiquei sem saber o que dizer e ficou aquele silêncio, aquela vista do Cristo, da lua, das estrelas, dos casais brigando nas janelas dos prédios em frente. Aquela beleza toda dela, enrolada na toalha com o cabelo molhado, passou a me causar apenas angústia e ela não tinha mais aquele sorriso que parecia um sorriso de amor.

— Vamos deitar, então — eu disse.

— Não, cara. Não pode ser assim. Eu sou sincera com você e você já vem querendo mostrar que é macho.

— A gente podia então pelo menos deitar e ficar vendo o filme da Marilyn. Você não disse que é unida a mim pela poesia?

— Tudo bem, então, vamos ver o filme.

Ela e eu nos deitamos na cama e ficamos olhando para a televisão, o Jack Lemmon vestido de mulher, tocando contrabaixo, e eu achava tudo isso muito romântico — a noite, o Cristo Redentor, a TV em preto e branco, e eu quis dividir essa sensação com ela e eu quis falar com ela:

— Pensa bem. Esse momento agora não te faz sentir uma emoção, assim, especial?

Eu olhei para ela e ela já estava dormindo maravilhosa.

E era uma noite de verão e era domingo e ela e eu saímos do cinema, onde ela e eu assistimos *Maciste contra Hércules* e a banda tocava no coreto da pracinha e as amigas dela e o Vanderlei e os carinhas estavam todos lá comendo pipoca com groselha e uma das amigas dela falava, com aqueles gritinhos:

— Vocês não me conhecem!!!!! Quando eu quero, eu sou fogo!!!!!

— Hum! Ela é fogo! — disse um dos carinhas, tirando um sarro.

E a amiga dela continuou, aos gritinhos:

— O beijo do carinha era todo ousado, todo molhado!!! Até aí, tudo bem, que eu não sou nenhuma santa!!! Mas aí ele começou a passar dos limites, começou a passar a mão!!! Aí eu disse: "Péra lá, péra lá!!!!". E ele não parou!!!! Ele foi enfiando a mão dentro da minha blusa e vocês sabem que eu sou fogo!!!! Eu já levantei e meti um tapa na cara dele!!!!

— Carioca é um bicho abusado mesmo!!!! — disse outra amiga dela.

E, mais uma vez, ela não me poupou do ridículo:

— Pelo menos o seu carioca fez alguma coisa.

— Ah, é? Vocês dois não fizeram nada, não? Vocês não estavam no cinema? Fazendo o quê? — quis saber a outra amiga.

— Quando a gente vai no cinema, a gente assiste o filme — ela disse, cheia de ironia.

E, mais uma vez, eu fiquei no meio daquelas amigas dela e daqueles carinhas, todos rindo de mim. Rindo muito, histéricos, adolescentes:

— O carioca só olhando pros músculos do Maciste!!!!!!

— Rá rá rá rá rá rá rá rá rá!!!!!!!!!!!!

— Ele tá com medo dela abusar dele!!!!!!

— Rá rá rá rá rá rá rá rá rá!!!!!!!!!

— Tá com medo de perder a virgindade??!!!?!!!?

— Rá rá rá rá rá rá rá rá rá!!!!!!!!!!!!

Até ela estava rindo de mim. Ela ria aquela gargalhada de deboche e olhava para o Vanderlei. Ria e olhava para o Vanderlei, ria e olhava para o Vanderlei.

Quando a histeria passou, ela se virou para mim e pediu:

— Compra uma pipoca pra mim?

Eu fui comprar a pipoca para ela e, de longe, vi que a turminha toda estava rindo de novo. E ela olhava para mim, com o sorriso do tipo sacana, aquele que me dava vergonha. Eu voltei com o saco de pipoca com groselha, eu entreguei para ela, eu não disse nada, eu virei as costas e eu comecei a me retirar. Mas, quando eu já estava atravessando a rua, ela veio correndo atrás de mim, as amigas dela, os carinhas e o Vanderlei rindo muito, muito, muito, apontando para mim, apontando para ela. Ela chegou perto de mim e disse:

— Me desculpe. Aquilo que eu falei saiu sem querer.

— Tudo bem, eu já estou acostumado.

Nós saímos andando pela cidade e fomos para a avenida principal, à beira-mar, onde ficavam os bares jovens, os bares com o pessoal do surf, a sorveteria. Ela e eu entramos na sorveteria e pedimos sorvetes e eu paguei os sorvetes e ela olhou para mim com o sorriso de amor e ela ficou linda de novo, me amando de novo, e eu amando ela e eu amando tanto ela, que eu tive até coragem de pegar na mão dela e ela e eu saímos andando de mãos dadas pela avenida à beira-mar e ela era linda e os carinhas do surf mexiam com ela:

— E aí, gatinha!? Posso dar uma chupadinha? E no sorvete?

— Olha o garotão com a gatinha!

— Põe a cocotinha na roda, garotão!

E eu nem liguei para os carinhas do surf, eu e ela ali, de mãos dadas, andando que nem dois namorados numa avenida de cidadezinha à beira-mar, tomando sorvete. Ela e eu fomos para o parquinho de diversões, onde havia um trem-fantasma daqueles de parquinhos de diversões de cidade pequena, com umas pinturas de vampiro e monstros meio toscos, e andamos de trem-fantasma, brincamos nos carrinhos de trombada e eu atirei com a espingarda de rolha e eu ganhei um beija-flor de louça para ela e ela e eu fomos andar de roda-gigante e, quando ela e eu estávamos lá no alto, a roda-gigante parou e o mar lá embaixo, e a lua e as estrelas e ela estava muito bonita e o vento batia no cabelo dela.

Ela e eu nos amávamos muito lá no alto da roda-gigante, acima da cidadezinha à beira-mar e era tudo muito romântico e ela começou a dizer:

— Sabe, cara, eu gosto muito de você, mas eu não sei se eu te amo do mesmo jeito que você me ama.

A roda-gigante voltou a rodar e ela e eu rodamos mais algumas vezes e a roda-gigante parou e ela e eu descemos da roda-gigante e fomos caminhar na praia e o Vanderlei estava encostado numa árvore, dando uns amassos numa daquelas amigas dela e ela olhou para o Vanderlei e para a amiga dela e olhou para mim e o sorriso dela, dessa vez, era um sorriso sem graça, um sorriso de decepção por eu não ser como o Vanderlei. Eu quis dar a mão a ela, mas ela não segurou a minha mão e continuou a andar, afastada de mim, na beira da praia e eu continuei andando e, quando eu olhei para trás, a amiga dela e o Vanderlei estavam rindo, olhando e apontando para mim. Ela já estava andando bem na minha frente e eu desisti de tentar acompanhar o ritmo dela e ela foi andando para cada vez mais longe e foi sumindo e ela desapareceu na escuridão da noite, na praia.

Eu andei mais um pouco e na porta do Le Bateau estavam um monte de meninas e um monte de carinhas e eu comprei uma entrada e entrei no Le Bateau e lá dentro havia um monte de carinhas e de meninas se beijando na boca, dando uns amassos, inclusive ela e o Vanderlei, e eu usava aquela roupa do John Travolta, e eu comecei a dançar aqueles passos do John Travolta e os carinhas e as meninas pararam de se beijar e fizeram uma roda ao meu redor e o Vanderlei, muito tímido, ficou olhando para mim com admiração.

Eu dancei até o fim uma daquelas músicas dos Bee Gees e, quando eu acabei de dançar, todo mundo começou a me aplaudir e as meninas todas ficaram sorrindo para mim e eu fui até ela e quis abraçar ela e ela gritou:

— Tchau, cara! Agora você passou dos limites!

E ela saiu apressada do Le Bateau e eu saí atrás dela e lá fora havia uma grande avenida com um grande engarrafamento e ela foi atravessando a avenida no meio dos carros e eu também atravessei a avenida e apressei o passo e alcancei ela e puxei ela pelos ombros e ela se virou para mim e ela chorava muito, cheia de lágrimas escorrendo pelo rosto e começou a falar e soluçar:

— Sabe, cara, eu não esperava isso de você! Logo você! Esse terninho ridículo! Você não falou que não gostava de discotheque? Você não falou que essas pessoas que frequentam discotheque são todas alienadas? Onde é que tá aquele cara que eu conheci, que gosta de poesia, que gosta de MPB? No fundo, você é igual a todos os outros, igual ao Vanderlei, igual a todo mundo nesta cidade, esse bando de ignorantes que seguem qualquer moda que aparece. Você me prometeu que não ia entrar nessa, que não ia seguir a turminha. Eu até entendo que você gosta de rock. Tem rock que é lindo. Mas, discotheque????? Me deixa ir embora, vai.

— Eu te amo. Vem que eu te pago um sorvete — eu tentei.

Ela aceitou, pô:

— Tá legal, vâmu lá.

E nós fomos para a sorveteria, atravessando a cidade até chegar na avenida à beira-mar da cidadezinha, e o pessoal do surf estava todo lá e eu também tinha o uniforme noturno do surf todo, que era camisa Hang Ten, a calça lee baixinha no cós, e um tênis Pampeiro, e eu pegava onda naquela época e eu era carioca e eu era muito bacana, corado, confiante, foda. E eu comprei os sorvetes e ela era uma menina linda, com uma roupa surf feminina, corada, cocota, todo mundo olhando para ela e eu era o cara que estava andando de mãos dadas com ela, cada um com um sorvete, e o Vanderlei estava usando uma camisa Hang Ten, na esquina, numa rodinha de carinhas usando calça de cós bem baixinho, e o Vanderlei viu ela e eu de mãos dadas, ela com um pouquinho de sorvete em cima do lábio superior, e o Vanderlei pediu a ela:

— Posso dar uma lambidinha? E no sorvete?

Ela respondeu:

— No sorvete pode — e esfregou o sorvete na cara do Vanderlei.

Ela e eu fomos para casa, sempre de mãos dadas, ela sentindo muito orgulho por estar de mãos dadas comigo, namorando um cara tão bacana quanto eu e a nossa casa era uma casa surf, perto de uma cachoeira, perto da praia, cheia de verde e de bromélias e de manacás e tinha a rede onde ela e eu nos deitamos para ler poesia. E, com uma brochura de papel na mão, impresso com aquela tinta roxa de mimeógrafo, eu disse:

— Tem um cara lá no Rio que escreve uma poesia que parece surf e até o nome dele é surf, o Chacal.

E nós ficamos lendo os poemas do Chacal e ela estava totalmente na minha, achando graça dos poemas e demonstrando estar muito feliz por estar ali comigo. E ela disse para mim:

— Você tem sempre uma novidade, né? Por isso é que eu gosto de você. Eu não conheço nenhum surfista que lê. Quanto mais poesia. Aquele idiota do Vanderlei, você viu que imbecil? Eu não sei o que dá em mim, que até hoje, quando eu vejo ele, me dá um negócio. Mesmo com esse jeito nojento dele, acho que a minha coisa com o Vanderlei ainda não acabou totalmente.

— Ah, não, é?

— Sabe, cara, mulher tem dessas coisas… às vezes cisma com um cara, fica fixada. Eu não sei explicar. É uma coisa.

— Mas por que é que você não fica fixada em mim?

— Não sei. Eu sou apegada a você, mas é de um jeito diferente. Será que é possível a gente amar duas pessoas ao mesmo tempo?

— Talvez até seja, eu não sei. Mas, pelo jeito, você gosta mesmo é do Vanderlei. A gente tá aqui, eu não conheço uma paisagem mais romântica do que essa aqui em volta. A gente na rede, os passarinhos cantando, o sol se pondo, a gente lendo poesia, tudo perfeito. Em vez de entrar no clima, você fica falando no Vanderlei. Pô, logo o Vanderlei?

— Você tem toda a razão. Mas é assim que é. Talvez seja melhor a gente dar um tempo.

E ela se levantou da rede abruptamente, entrou na casa e ela saiu com a bolsa dela, e ela foi saindo, ela foi pegando a estrada de terra, ela foi indo e eu ofereci:

— Quer que eu te leve?

— Você não tem carro. Deixa que eu pego uma carona.

Eu fiquei ali, balançando na rede, ouvindo os passarinhos, cheio de poesia no coração, e o carro do Vanderlei, todo possante, fazendo barulho, tocando heavy metal bem alto, passou na frente da minha casa e o Vanderlei era um cara muito mais bacana do que eu, com uma roupa surf muito mais bacana do que a minha, e ela gritou pela janela do carro:

— Iuhuuuuuu! Fala, Taubaté!!!!!!

Eu não aguentava mais aquela situação. Eu precisava dela junto comigo e eu precisava logo resolver essa situação entre ela e eu e eu me levantei da rede, eu fiquei andando de um lado para outro, entrando e saindo de casa e eu entrei em casa e fiquei rodeando o telefone, sem saber se eu ligava ou se eu não ligava e eu liguei:

— Alô! Oi! Eu tô indo praí agora!

— Não! — ela não queria.

— Tem alguém aí com você? — eu quis saber.

— Tem. O Vanderlei tá aqui.

— Eu vou praí — insisti.

— Não!

— Tô indo.

Eu saí de casa, eu atravessei a rua das Laranjeiras, no Rio, e eu fiquei no ponto, esperando o ônibus, e era uma noite de domingo e eu estava desesperado. O ônibus 583 para Copacabana passou e eu subi nele e o professor de teatro dela, das amigas dela, do Vanderlei e dos carinhas estava lá sentado. E eu passei pela roleta e eu me sentei ao lado do professor, e eu fui falando com ele:

— Fala, mestre!

— Fala, meu amigo! Eu estava só te sacando, entrando no ônibus. Tudo certo?

— Tudo certo.

— Gostei de te ver na televisão.

— Pois é, mestre. Acabei coadjuvante de novela. Que nem você falou.

— Calma. Você ainda é muito novo, muita coisa ainda vai acontecer na sua vida. Você não tem nem ideia. Na tua idade, ganhar um troquinho na televisão, trabalhar, conhecer como funciona aquilo tudo lá, é ótimo.

— Eu queria estar fazendo uma coisa mais empolgante.

— E aquela sua namorada? Por onde anda? Vocês dois são muito talentosos.

— Ela nunca chegou a ser minha namorada mesmo. Mas bem que eu queria.

— Ela tá fazendo teatro?

— Não. Ela não faz nada, não. Acho que ela tá procurando um marido que tenha carro, que tenha uma televisão colorida, champanhe na geladeira. Ela adora champanhe.

O professor de teatro riu e tentou que eu deixasse disso:

— Que isso?! Ela é uma menina legal, gosta de poesia, gosta de escrever.

— É. Ela é incrível. Eu fico babando por ela. Mas, cá entre nós, os poemas são mais ou menos, né?

O professor de teatro riu de novo e replicou:

— É da idade. É da idade. Vocês são muito novos ainda. A sua transa com o teatro, a transa dela com a poesia, tudo ainda vai mudar muito. Tudo muda muito com o tempo, você vai ver. E, ao mesmo tempo, tudo continua igual, você vai ver. Quando você tiver a minha idade, você vai ver que tudo ainda é Tao e Qual e, no entanto, nada é igual. Saca aquela música? Eu tenho mais de sessenta anos, mas na minha cabeça eu ainda sou aquele cara de dezesseis, dezessete, dezoito, vinte. Um carinha meio tímido, sensível demais, comendo pipoca com groselha na pracinha, em Taubaté. Eu podia dizer tanta coisa pra você.

O professor de teatro até chorou um pouquinho e eu fiquei constrangido e eu não estava entendendo bem o que o professor de teatro estava querendo dizer e voltei a ela:

— Eu tô indo na casa dela. Ela tá com um cara lá... um filhinho de papai que ela namora. Um cara que tem carro.

O professor de teatro fez cara de assustado e perguntou:

— Você não vai lá pra bater no cara, nem fazer nenhuma besteira dessa, né?

— Eu não sei o que eu vou fazer. Eu só não aguentei ficar na minha casa, pensando nela lá com o cara.

— Deixa disso, meu amigo. Não vá arrumar confusão.

— Acho que não, eu não sou disso. Eu nunca briguei na vida. Eu nunca dei um soco. Eu nunca levei um soco na cara. Eu só quero acabar logo com essa história dessa menina.

— Que idade ela tem?

— Dezesseis, ou dezessete, não sei direito. Mas ela ainda é menor de idade.

— Então, rapaz. Dezessete anos. E você? Tá com que idade?

— Vinte e um.

— Pois é. Vocês não estão na idade de fazer nada definitivo. Você não tem motivo algum pra fazer esse drama todo. Parece novela, rapaz. Você vai ver. Pode ser que, daqui a quarenta anos, você nem se lembre mais dela. Que você esteja com outra pessoa muito melhor. Ou até mesmo que você esteja casado com ela, filho et cetera.

Eu ainda falei, antes de descer do ônibus:

— É. Eu e ela brigando num apartamento desses aqui em Copacabana. Algum vizinho olhando a briga pela janela. Tenho que descer. Vou nessa, mestre. Abração.

Eu desci do ônibus e eu andei para o prédio onde ela morava com os pais. E eu subi de elevador até o apartamento dela e eu toquei a campainha e ela abriu a porta com uma cara tristonha e tudo estava meio escuro, só com a luz de um abajur ligada e uma lagartixa no teto. Tinha uma música triste tocando na vitrola, com uma cantora muito boa cantando. Eu já cheguei meio que intimando:

— Cadê o Vanderlei? Taí? — eu fui entrando.

— Não, cara. Falei pra ele ir embora. Mas aonde você vai? Não é pra entrar assim desse jeito, não.

— Por quê? Teus pais estão aí?

— Não. Mas eu tô.

— Desculpa.

Eu parei na porta.

— E se o Vanderlei estivesse? O que que você ia fazer? Bater nele?

— Não. Claro que não. Você sabe que eu não bato em ninguém.

— Você quer o quê, então? Eu pedi pra você não vir.

— Mas eu não aguentei ficar em casa, parado, imaginando você aqui com o cara.

— A vida é minha.

— Mas eu quero ficar com você, para sempre. Eu te amo!

— Sabe, cara, eu vou ser sincera. Eu não quero te machucar, eu não quero te ver sofrendo, mas a gente precisa dar um jeito nessa história. Vem, entra aqui, senta ali.

Eu entrei e eu me sentei numa almofada, no chão mesmo. Ela se sentou no sofá, na minha frente, acima de mim. Eu estava muito tenso, com os ombros retraídos e a cabeça baixa.

Ela falou:

— Sabe, cara, eu não vou mais ficar dizendo pra você o quanto eu gosto de você, nem ficar falando de novo que eu te amo como se você fosse um irmão. A verdade é que eu acho que você não serve pra ser meu namorado. Eu não gosto de você como homem. Eu não tenho vontade de te beijar, nem de tocar em você. A sua mão está sempre suada. Você usa a mesma meia vários dias seguidos e tem chulé. Desculpa, mas eu vou falar tudo. Não sei o que é isso, mas quando você toma banho, seu cabelo fica todo oleoso. Você não enxuga direito, fica com cheiro de mofo. Esse desodorante que você usa, tem cheiro de chiclete de hortelã. Deve ser duro de ouvir, mas eu vou dizer assim mesmo: você tem mau hálito. Tá, você não é feio. Eu não acho você feio. Mas também não tem nada de atraente, nenhum tchã. Mas tudo bem. Quando a gente gosta mesmo de uma pessoa, acho que dá pra passar por cima disso tudo. A gente não sente o mau hálito e nem liga pro suor da pessoa. O Vanderlei também não é nenhum príncipe encantado. Você é até mais bonito do que ele. Mas é ele que mexe comigo. Porque ele é mais forte, fala grosso. O Vanderlei não fica choramingando atrás de mim o tempo inteiro. Ser amada é bom, mas, toda vez que a gente se encontra, você fica fazendo essas declarações de amor meladas, fazendo cara de choro. Tá vendo? Já começou a chorar. Você acha o quê? Você quer o quê? Que eu sinta pena de você e fale que eu quero casar com você e viver com você pro resto da vida? É justamente esse jeito chorão que acaba com qualquer vontade. Eu não tenho vontade de ser sua namorada. Poesia, teatro, não sei que mais. Sabe, cara, eu não estou mais nessa não. Foi só uma fase. Daqui a pouco eu vou fazer dezoito anos e o que eu quero é começar a viver a vida de verdade. Antes de qualquer coisa, eu quero namorar um monte de gente. Eu quero namorar com todo mundo, menos com você. Sabe por quê? Porque eu sinto pena de você. E eu não consigo namorar alguém que eu sinto pena. Você pode servir pra tudo, menos pra namorar. Eu não gosto do seu cheiro, não gosto da sua pele, não gosto do seu jeito de vestir, meio infantil, bermuda. Pra falar a verdade, eu não gosto nem do seu papo. Quando você começa a ler poesia pra mim, eu acho você até meio ridículo. Quer saber? Você é ridículo. Ridículo mesmo. Isso mesmo de você vir aqui agora, todo dramático por causa do Vanderlei, mostra como você é inseguro, como você não se garante. Se você fosse homem suficiente, se encarasse essa de aguentar o ciúme que nem homem, se você fosse superior ao Vanderlei, se comportasse de um jeito superior ao Vanderlei, era até capaz de eu ficar mais atraída por você. Mas não. Você tem que vir chorar na minha casa, na minha frente. Quando eu pedi pro Vanderlei ir embora e falei que você vinha pra cá, sabe o que ele fez? Ele riu de você. Ele foi superior a você, sabe, cara? Você perdeu ponto comigo e ele ganhou. Eu queria que ele estivesse aqui comigo, não você. Junto com ele, eu ia me divertir. E com você? Ler poesia de maluco? Assistir filme antigo na televisão? Ficar olhando a vida dos outros na janela? Não, cara. Não dá mesmo. Se você quer continuar meu amigo, tudo bem. A gente se encontra de vez em quando. Mas só de vez em quando. Mas, namorado, não vai dar.

A câmera foi fechando bem no meu rosto, e eu estava com a cara meio ridícula mesmo, chorando de um jeito pateta, sem fazer barulho, a cara meio retorcida. O diretor, lá no fundo, fazia sinal de positivo com o dedo, o pessoal da equipe nem respirava.

A câmera corrigiu para a cara dela, que tinha aquele sorriso sacana na boca. E ela estava arrematando a conversa:

— Acho melhor você voltar pra casa agora e começar a tratar de virar homem.

E a imagem dela foi ficando em preto e branco, foi ficando meio granulada, com uns fantasmas.

— Vê se aprende a tomar banho direito, a tirar cera do ouvido, a enxugar o cabelo. Aprenda a dirigir. Vê se faz um pouco de ginástica também e fique menos flácido. Quem sabe daqui a alguns anos…

E eu não estava aguentando mais ficar acordado, assistindo ao casal da novela na televisão em preto e branco, a lagartixa no teto do quartinho minúsculo, a música do parquinho de diversões tocando, "Banho de lua", com a Celly Campello, o som das ondas do mar batendo na areia, no background, a televisão cheia de fantasmas, e eu acordei.

Eu me levantei da cama de casal, me espreguicei e entrei no banheiro. No espelho, eu era um senhor até que bem aprumado, corado, forte, saudável com a espinha ereta. Eu tomei banho, eu botei minha sunga e uma camiseta.

Antes de sair de casa, eu passei pela cozinha para tomar um café. Eu me sentei à mesa, eu botei o café da garrafa térmica na xícara e eu fiquei olhando para ela, enquanto eu bebia o café devagar.

Ela estava lavando a louça e ela era uma senhora que não tinha uma aparência das melhores. Ela era gorda e a perna dela era meio roxa e a pele dela era cheia de uns caroços, o rosto dela era meio cinza e ela usava um lenço encardido no cabelo. Mas o pior era a expressão no rosto dela, que era a expressão de alguém para quem a vida já tinha passado fazia muito tempo, de alguém que não tinha mais nada a viver e que nem queria ter mais alguma coisa para viver. Ela era totalmente indiferente a mim. Ela nem virou o rosto para mim. Ali estava uma mulher pesada, uma energia carregada, um astral baixíssimo.

Eu me levantei e eu também nem falei com ela. Eu saí de casa e eu fui para a praia nadar.

Deus é bom nº 10

Deus chegou e fez o Brasil, assim, um negócio diferente. Tropical, antropofágico, novo etc. e tal, sensacional, Simonal. Muito novo e cheio de novidades, florestas, rios, insetos, passarinhos, macaquinhos, peixinhos, jararacuçu, bicho-preguiça, jacaré, oncinha. Florestas imensuráveis e rios que, pô.

Antes, Deus já tinha feito as sábias culturas milenares do Oriente, as antiquíssimas civilizações selvagens da África. E também a Europa — imperial, conquistadora, mãe de todas as civilizações, Adam Smith, Karl Marx, mãe da economia, do mercado e do crescimento!!!!!!

O dinheiro é a coisa mais importante que existe!!!!!!!!!

Deus dividiu o mundo em duas turmas, dois pensamentos econômicos:

— um dizendo que tudo é de todo mundo e ninguém vai ter mais do que ninguém e que todo mundo vai produzir igualzinho para o bem comum, essas parada, até que a sociedade, a nível de um todo, cresça junto todo mundo ao mesmo tempo;

— o outro pensamento imaginando que a competição pelo lucro, a competição para ver quem junta mais dinheiro, e dinheiro é a coisa mais importante que existe, essa competição vai fazer com que a vida dos mais fortes fique cada vez mais espetacular, globalmente interligada, repleta de croc-chips-bits-burgers, enquanto a vida dos mais fracos vai se esvaindo aos poucos, o pessoal morrendo, pegando um monte de doença nojenta, pisando em mina terrestre, sendo criança escrava, essas parada, melhorando a raça, refinando a cultura, numa seleção natural.

Essa parada de que tudo é de todo mundo, de que todo mundo trabalha igual e ganha igual, não ia dar certo mesmo, porque Deus fez do homem um animal competitivo, ganancioso, invejoso, corrupto, vaidoso, que não se contenta em ser igual, todo mundo querendo ser melhor do que o outro, querendo ser especial, querendo ter um croc-chips-bits-burger melhor que o do vizinho, e então o Karl Marx ficou obsoleto, não durou nem um século, porque os croc-chips-bits-burgers comunistas eram fabricados por mão de obra desqualificada, que não tinha ambição de subir na vida para comprar uns croc-chips-bits-burgers melhores.

Já a turma da competitividade, da conquista do paraíso pela dominação do mercado, calculou mal a parada e as raças inferiores não foram extintas pela seleção natural e foram se multiplicando, fazendo muito sexo e se tornando uma espécie de outra espécie, inferior, suja, ignorante, terrorista, violenta, uma espécie de indivíduos que não têm mais nada a perder, tanto faz matar ou morrer, uma maioria cada vez maior, querendo sua parcela do dinheiro global, a coisa mais importante que existe mas que nada significa, já que o dinheiro global não tem mais aquela relação direta com os valores reais das riquezas extraídas da Terra, ou das riquezas produzidas pelo homem, e o mercado vai entrar em colapso, crises energéticas, revoluções sangrentas, juventude transviada etc., Hiroshima, Holocausto, a rendição de Nuvem Vermelha, desastre ambiental, apocalipse, Terra em Transe.

Mas Deus é tropical, sensacional, e fez o Brasil. Deus fez a nação do futuro, para depois que o mercado de croc-chips-bits-burgers tivesse explodido com tudo. Deus fez o Amazonas e o São Francisco e as águas e as cachoeiras todas, e a Mata Atlântica e o rio Paraíba, o rio Tietê, o tuiuiú do Pantanal, oncinha, borboleta, vento, calor, diamante, chuva, índio e o João Gilberto cantando baixinho.

Deus fez o Darcy Ribeiro e o Glauber Rocha e o Darcy Ribeiro, que tinha aquela parada com os índios, viu esse Brasil do futuro, a parada econômica dos índios, de só colher ali perto a comidinha, de tomar banho o dia inteiro, uma limpeza só, e, de noite, aquelas paradas com o fogo aceso, todo mundo artista, dançando e cantando e inventando histórias e Deus fez o Glauber Rocha, que imaginava o Brasil como um núcleo atômico de todas as culturas, pronto para explodir e gerar energia, luz, eztétyka revolucionária, fome combustível da terceira via econômica, nova civilização, gigante a despertar, celeiro, farmacopeia, pulmão!!!!!!!!!

Mas não!!!!!!!!!!!!

Voltando-se contra Deus, criador da aquarela, o gigante vira as costas para os macaquinhos, para a oncinha, represa o riocorrente, barra as cachoeiras e cascatas do Ary Barroso, bota um monte de carrões negros imensos com aparelhos de som imensos na beira das praias, encobrindo a música que toca no mar do Dorival Caymmi, derruba as florestas, sertões e cerrados para plantar sementes de soja transgênica, monocultura de açúcar/diesel para abastecer os automóveis poluidores se reproduzindo sem parar, capim para alimentar a picanha nobre da classe alta baixa, gerando emprego e renda para a classe baixa alta comprar cada vez mais croc-chips-bits-burgers, para a compra e venda de dinheiro, que é a coisa mais importante que existe.

E Deus ajudou o Brasil a se tornar o sexto país do mundo em croc-chips-bits-burgers. E os brasileiros saíram por aí comprando croc-chips-bits-burgers que nem doido, saíram comendo croc-chips-bits-burgers de baixa qualidade, pagando caro e achando gostoso. E as fábricas de croc-chips-bits-burgers jogando tudo quanto é resto de croc-chips-bits-burgers nos rios, emporcalhando tudo, gastando muita água para irrigar as plantações de croc-chips-bits-burgers, desviando rios até.

Até que ficaram todos felizes, entrando para o Primeiro Mundo com seus croc-chips-bits-burgers. A maioria manda e a maioria prefere croc-chips-bits-burgers do que oncinha, arara-azul, índio, cachoeiras, florestas, Glauber Rocha e rios caudalosos.

A água vai acabar e todo mundo vai começar a feder e a apodrecer pelas ruas, bem feito, uma ficção científica de terror.

E não dá para diminuir a duração do banho, não. É muito croc-chips-bits-burgers grudando na alma, grudando na pele. É sujeira demais para lavar.

O futuro do planeta, da humanidade, de nossos filhos e netos não está em nossas mãos. Não mesmo. Que Deus nos perdoe.

Metáforas

Antes de comer a maçã, Adão e Eva, os únicos homens que havia, nunca pensavam em teatro, nem em arte contemporânea. Arte nenhuma. Os únicos humanos que havia só dormiam, comiam, peidavam, arrotavam, babavam etc.

Aí pintou o teatro, quer dizer, a arte, quer dizer, o conhecimento? Sexo sem amor? O Bem e o Mal? Uma cobra?

A Cobra e o Teatro?

Mulher é foda e a história é conhecida: a Cobra foi lá e encheu a cabeça da humana, quer dizer, da Eva, quer dizer, da mulher, de história.

Aquelas parada que a cobra disse para a homem fêmea: se tu for lá e comer a porra daquele fruto proibido, tu vai ver, tua cabeça vai ficar cheia de novidade. Ao invés de tu ficar só aí babando, comendo comida que só serve pra matar a fome, fazendo sexo gosmento com o Adão, sem amor ou fantasia, sem saber por quê, cagando atrás da moita, tu vai começar a inventar umas parada, tu vai começar a achar que a vida é um troço que pode ser melhor, que a comida pode ter uns temperos, que a comida pode ter até uns significados, que o sexo que tu faz com o Adão pode ser uma parada toda especial — tu vai querer tomar vinhozinho com o Adão, tu vai querer que ele te dê beijinho, que ele te leve pra passear na praia, sob o luar (a lua vai virar inclusive poesia), de mãos dadas, pra só depois, então, ir fazer sexo com o Adão, um sexo que vai ser muito mais do que ele botar aquela paradinha que ele tem pendurada embaixo da barriga dele dentro desse buraco que tu tem no meio das perna, um sexo que tem a ver com o cosmos, com anjinhos tocando harpa, e tu vai dar a porra do fruto proibido pro Adão provar e ele também vai ficar cheio de ideia na cabeça e vai ficar querendo saber o que é que tem além da Lua, além do Sol, e vocês dois vão até inventar uma parada que vai se chamar Deus e que tu vai inventar que foi ele, esse Deus, que inventou tu, o Adão e tudo o que há entre o Céu e a Terra, além do Sol, essas parada.

Aí, os humanos comeram a porra do fruto proibido e porra, cu, peido, essas palavras, se transformaram em palavras feias e a Eva percebeu que o Adão era muito primitivo e o Adão percebeu que a Eva era muito fedida, não depilava as axilas nem a virilha e os dentes da Eva eram tudo podres. Os do Adão também. Uma nojeira só.

E tu precisava ver a expressão de asco existencial da Eva quando ela, a Eva, que comeu o fruto da Árvore do Conhecimento antes do Adão, olhou para a figura do Adão, ela, a Eva, já percebendo as parada toda, o bem e o mal, o certo e o errado, o bonito e o feio, o conhecimento, Deus, criado ali mesmo, aos pés da Árvore do Conhecimento, e viu que o Adão era um animal meio pouco estético, meio desencontrado na natureza, meio desencontrado no Jardim do Éden.

E o Adão também comeu a porra da maçã e tudo começou.

Os descendentes do casal primordial, Abel, Caim — já viu, né? —, o rei Davi, Jacó, Isaac, Herodes e todo o elenco, pô, os gregos, os persas, Dionísio, a parada dos gregos é fundamental nesta metáfora sobre teatro, começaram a inventar um monte dessas parada, que animal nenhum na Terra ia conseguir fazer: viagens espaciais, histórias infantis, remédios para curar doenças, pasta de dente, restaurante italiano, dadaísmo, supositórios, posições sexuais, pedofilia, os Beatles, essas parada, e teatro, claro.

Amor só apareceu com o Cristo, quando, no filme do Mel Gibson, ele foi torturado barbaramente, ficou todo ensanguentado, cheio de feridas sofrendo muito muito muito, e mostrou pros outros animais homo sapiens o quanto eles eram escrotos, asquerosos, burros, primitivos, lá, rindo daquele jeito com o sofrimento do Jesus. E o Jesus, lá, tolinho, falando pros cara se amarem uns aos outros, pros caras perdoarem os outros, pros caras não ficarem só pensando em ganhar dinheiro, só ficar na parte do mal da árvore do bem e do mal, pros caras serem que nem os lírios do campo, que não ficam aí, cheios de vaidade, juntando bens materiais, usando essas roupas douradas e púrpuras, tipo essas que os papa usa e, mesmo assim, vestiam uma roupa incrível, grátis, que Deus fez pra eles, os lírios do campo.

Então, os cara, ao invés de amar o próximo, fazer teatro, arte, essas parada, continuaram só pensando em ganhar dinheiro, o contrário do que faziam os lírios do campo, comer umas mina sem ter amor nenhum no coração e assistir uns filmes, ler uns livros, uns teatros que não diziam nada, que só serviam pra esses caras descendentes da Eva e do Adão passarem algumas horas comendo pipoca e se entretendo ligeiramente, já que Deus, o amor, a vida, a arte, a morte, o teatro, essas parada, não servem para porra nenhuma.

Um Natal para aquecer nossa economia!

Tinha chegado o final do ano, ia ter as férias das crianças e dos adolescentes, a mãe queria pegar um sol pra queimar umas perebas que estavam se espalhando por todo o corpo dela, a avó queria comer um camarão com catupiry que tinha lá naquele restaurante, que tinha lá na praia, queria comer camarão de tudo quanto é jeito, todo dia, um monte de camarão, ela só pensava nisso, e o pai, que era o chefe da família, o cara que mandava em tudo, estava contente paca por fazer toda a família contente com o dinheiro que Jesus deu pra ele como recompensa por ele sempre investir dez por cento de todo o dinheiro que ganha em títulos do Reino de Jesus, que é um investimento de alta rentabilidade, cujo retorno garantido garante o Natal da família na praia e todas as coisas que a família vai comprar neste Natal, todas as coisas que a família vai consumir, sem parar, o tempo todo, estimulando o crescimento econômico e a geração de empregos no país deles, que ia ser o maior país do mundo. Só o avô não estava contente, porque sofria muito, porque já estava velho, nada no corpo dele funcionava direito, ele já estava de saco cheio da vida e daquela família que só enche o saco e, ainda por cima, sabia que não ia durar muito, que ia morrer, e ele não acreditava em Deus, Jesus, vida após a morte, nada desses troços, além de ter plena consciência de que a vida dele não teve nada de tão interessante, nada de relevante e que, pensando bem, tanto fazia ter vivido uma vida ou não.

Lá na praia, antes de sair para ir à praia comer espetinho de camarão e beber cerveja e, depois, ir naquele restaurante em frente à praia para a avó comer camarão com catupiry e o pai comer picanha com alho e a mãe beber caipirinha de kiwi, a mãe ficou mostrando, para o pai, um monte de maiôs que ela tinha comprado para ir à praia. O pai falava "tá ótimo" para todos os maiôs que a mãe mostrava, mas, óbvio, o pai achava a mãe, a mulher dele, que só enche o saco, meio fora de forma, meio baranga, e sabia que não havia maiô nesse mundo que pudesse tornar a mãe dos filhos dele uma mulher atraente, com aquela pele péssima. O pai olhava para as perebas, todas lambuzadas de pomada antisséptica, que se espalhavam pelo corpo da mãe, misturadas com as picadas de borrachudos e pernilongos, e agradeceu a Jesus por sua mulher, que só enche o saco, a mãe, com aquelas perebas e aquele corpo fora de forma, nunca mais ter dado o menor sinal de que desejava fazer sexo com ele, o pai, que tinha uma barriga enorme e dura, assim, e um bafo de picanha com alho, que ele, o investidor de Jesus Cristo, exalava pela boca, o tempo todo.

Um dos adolescentes, sobrinho da mãe e do pai, neto da avó e do avô, era meio esquisitão, tinha uma barbichinha, todo magrelinho, ia fazer vestibular para filosofia e ficava o tempo todo jogando xadrez no celular e lendo — Nietzsche, essas porra — e pensando muito sobre a morte, sobre Deus e lendo a Bíblia sob uma perspectiva filosófica, que desenvolveu nele um afeto profundo por Jesus Cristo. O adolescente esquisitão, na verdade, amava Jesus Cristo! De verdade! Claro, o adolescente, que lia Nietzsche, essas porra, era inteligente e culto demais para acreditar em dogmas religiosos, como a virgindade de Maria ou a Santa Trindade. Esse primo meio devagar, que tinha fobia dos outros adolescentes, lá, dando aquelas risadas, se identificou apaixonadamente com o amor ao próximo, o desapego material, a modéstia, o perdão, a proteção de Jesus aos mais frágeis. O carinha da barbichinha considerava O Sermão da Montanha, em Mateus, o texto filosófico mais revolucionário que havia lido. A família toda ia à praia, e ao restaurante, comer e beber uns negócios, e o barbichinha ficava trancado na casa de praia, jogando xadrez no celular e amando Jesus Cristo, comovido com o olhar miserável do avô que ia morrer.

Os primos do primo esquisitão, filhos e sobrinhos do barrigudão que investia no Reino de Jesus Cristo, nunca tinham ouvido falar em Sermão da Montanha, amor ao próximo, desapego material, modéstia, perdão, esses troços. Então, já que amanhã é Natal, família, que só enche o saco, os netos do avô deprimido, que despertava compaixão no neto esquisitinho, iam sair por aí, sei lá, dando umas risadas, bebendo uns negócios, as primas dando uns gritinhos, os primos vomitando uns negócios, dando umas risadas. Mas graças a Deus que os moleques têm a proteção eterna do capital gerido pelo Senhor Jesus, já que o pai de hálito podre tinha aberto um débito automático para investir mensalmente no império financeiro comandado pelo Senhor Jesus, sempre lá, no Paraíso, nadando na piscina de dinheiro dele, fumando charuto, enviando comandos diretos, berrados, em transmissão multimídia para sua rede de bispos e pastores ateus, cuja fé racional indicava claramente que a coisa que Jesus mais gosta, que Deus mais gosta, é dinheiro: "Me dá dinheiro! Eu quero dinheiro! Mais dinheiro!". Se não fosse isso, os moleques poderiam acabar se envolvendo com drogas.

E o da barbicha em casa, na casa que o tio dele alugou com o dinheiro que Jesus Cristo deu, trancado no quarto, com medo de ir até a sala e dar de cara com aquela cara de quem vai morrer do avô, com a cara da avó mastigando algum daqueles troços que ela fica mastigando, com um amendoim dentro. E as crianças de férias, lá, promovendo o crescimento econômico do país deles e gerando empregos ao consumirem todas aquelas coisas, aqueles croc-chips-bits-burgers, ao comer aqueles troços todos com um amendoim dentro, com sabor de camarão.

Na noite de Natal, o pai, com bafo de picanha com alho, ficou meio nervoso com a mãe, que pegou sol demais, que estava descascando e tinha umas bolhas e as perebas e a pomada e o hidratante, tudo melecado, e não botava ordem nessas crianças, que vomitaram a casa toda, entupiram todas as privadas da casa da praia e que ele é que tinha o trabalho todo de investir no Reino de Jesus e arrumar um dinheiro pra essa cambada poder passar o Natal na praia, porra!

O adolescente que tinha um afeto filosófico profundo por Jesus Cristo, olhando as estrelas do céu lá da praia, pensou em Jesus bebezinho nascendo, pensou no amor de Nossa Senhora, pensou em Jesus no calvário, aqueles caras, lá, batendo nele, dando aquelas risadas.

O homem

1. Pensamento

Pensamento girando sem parar entre as ligações de neurônios do cérebro girando sem parar ao redor de um sol, numa galáxia em expansão que, em determinado momento, vai inverter seu movimento e retrair, em espiral, na direção de um buraco negro, onde não se sabe o que há mas que pode ser um espelho de todo pensamento que a gente pensa do lado de cá, aqui, do lado de fora do buraco.

Pensamento, objeto da consciência DO HOMEM. Pensamento matéria-prima da mentalidade. Penso que um dos objetivos mais importantes da política, da comunicação, das relações públicas e sociais é a criação de uma mentalidade. Uma mentalidade política coletiva, sociedades que conseguem entender as leis que as organizam, o porquê de cada proibição e dever previsto nas constituições, e o momento certo de derrubar regulamentos e fronteiras.

A frase "Salve o Planeta" não vai salvar o planeta. O que vai salvar o planeta é o pensamento coletivo de que há um planeta a ser salvo. E a mentalidade geral que concorda, através de uma fé racional, que é muito mais importante, dos pontos de vista econômico, estratégico, militar até, uma floresta de pé do que terra pelada pelo desgaste causado com as monoculturas.

> *O pensamento pode ter elevação sem ter elegância e, na proporção em que não tiver elegância, perderá a ação sobre os outros. A força sem a destreza é uma simples massa.*
>
> Fernando Pessoa, *Livro do desassossego*

Uma massa de pessoas, seguindo regras que não entende, sem um pensamento sequer a respeito, é matéria-prima de toda tirania.

2. Mulher

Quase ex-objeto a Mulher, A HOMEM. Uma ruptura no pensamento da cultura humana. Mulheres comandando forças armadas poderosas do Ocidente e mulheres gerindo nações líderes da economia mundial e mulheres operando cirurgias complexas de cérebros e ligações de neurônios e recuperando consciências e mulheres condenadas a apedrejamentos e mulheres proibidas de mostrar o rosto, mulheres sem cara e sem desejos e mulheres lindas de biquíni, na praia.

Mulheres ex-objeto passando a sujeitos da ação e mulheres verbo no comando da ação, no centro da natureza, procriando a natureza e rompendo com o fatalismo da submissão. Mulher mãe de toda a natureza humana.

3. Família

O núcleo do átomo da sociedade, cheio de elétrons girando ao redor de. A família lá, andando na rua da sorveteria, o pai/marido/genro na frente, suado. A esposa, digníssima, cheia de creme em cima das queimaduras, a perna toda empolada de mordida de borrachudo, logo atrás do pai/marido/genro, sofrendo muito, muito. O filho adolescente, vestido de preto, do outro lado da rua, querendo muito que o pai/marido/genro perceba o quanto ele, o filho adolescente, de cabelo todo assim, o ignora. Os menores querem dinheiro pra comprar alguma coisa. Qualquer coisa, o tempo todo. E, lá no fim da fila, a Vovó, que é sempre mais ou menos ninguém. Se não fosse a irritação que ela provoca no pai/marido/genro, vá saber por quê, ela seria ninguém mesmo.

O núcleo do átomo da sociedade, cheio de elétrons girando ao redor de. A família nascida núcleo do amor se transformando em núcleo do consumo que movimenta toda a economia da sociedade em que vive. Pais que investem nos filhos, na educação dos filhos, no futuro econômico dos filhos. Uma caderneta de poupança para cada filho, filhos cadernetas de poupança construindo o futuro. Mães que amam seus filhos.

4. Alma

A minha alma não é religiosa. A minha alma quer se encontrar com Deus, descobrir Deus, entender Deus. A minha alma desconfia da verdade e acredita profundamente na dúvida, que é o caminho para o encontro de Deus, do desconhecido, das coisas que não conheço mas preciso muito conhecer. A minha alma quer entender a razão de pelo menos duas ou três dessas coisas que há entre o Céu e a Terra, dessas que a nossa filosofia não supõe. Minha alma quer supor, averiguar, experimentar e descobrir aquele mínimo que lhe é de direito.

A religião civiliza O HOMEM, cria as leis universais que permitem a vida DO HOMEM, cria o amor, a família, os limites da convivência humana, o limite onde começa a liberdade de um e termina a do outro.

A minha alma quer amar o próximo, quer a liberdade que não machuca o outro. Minha alma quer contar com o Paraíso.

Haverá um Homem no Céu e deuses na Terra.
João Santana

5. Amor

O amor é uma novidade que a minha espécie criou. O amor não é natural, é metafísico e nasce da busca DO HOMEM por Deus. Nasce da minha necessidade de ser algo mais que um aglomerado de carbonos, oxigênio e hidrogênios. Cristo criou o amor ao próximo, lá, sofrendo na cruz, mostrando o que um homem, um Deus, é capaz de suportar por amor ao próximo. Amor que leva O HOMEM a transcender a própria natureza animal de competidor na Seleção Natural, para se aproximar do cosmo.

Antes do Cristo só havia as regras.

E alguns séculos depois, o amor entre um homem e uma mulher, Romeu e Julieta. Entre todas as mulheres que havia na Terra, naquela época, a vida do Romeu só faria sentido se ele, o Romeu, tivesse o amor de Julieta. Uma invenção de Shakespeare, o amor entre um homem e uma mulher. Uma história que se repete, século após século, dia após dia.

E o amor total, esse que grita a importância de todas as coisas que existem, girando o tempo todo sem parar.

Parte 2

O autor

A história do André Sant'Anna

Na verdade, André Sant'Anna não é George Harrison, estou confessando. É que ser o George Harrison é a melhor coisa que alguém pode querer nesta vida estranha, muito doida mesmo. E o Andrezinho começou a ser George Harrison na passagem do ano de 1967 para o ano de 1968, perto do Natal, quando os Beatles lançaram o *Magical Mystery Tour* e o pai e a mãe do Andrezinho ainda não eram meio hippies mas estavam começando a ser e nós estávamos em Londres e eu só tinha três anos de idade e, nesse Natal, eu ganhei *Help!*, *Magical Mystery Tour* e um carrinho dourado do James Bond, que tinha os bancos ejetáveis e o teto abria assim. E essa é a lembrança mais antiga que eu tenho da minha vida: o Andrezinho ouvindo o *Magical Mystery Tour* numa vitrolinha, brincando com o carrinho do James Bond, no quarto de hotel e, pô, depois de quase cinquenta anos, eu sinto a maior inveja do Andrezinho, pois só eu sei, e não consigo explicar — acho que tudo o que escrevo é para explicar isso, explicar algo, something, esse negócio, um arrepio assim, que *Magical Mystery Tour*, uma música pouco conhecida do disco, "Blue Jay Way", do George Harrison, e outras coisas que eu não sei explicar, coisas que alguém com três anos de idade percebe e guarda para a vida inteira, uma parada proustiana, embora uma vida inteira não seja nada se comparada ao infinito, à eternidade, ao cosmo e a todas essas coisas estranhas, que fazem até a gente saber que Deus existe — e só eu sei como é emocionante aquilo que o Andrezinho sentiu e que nem era nada de mais assim, só "Blue Jay Way", o carrinho dourado e devia ter uma luz entrando por alguma fresta, algum cheiro, sei lá.

O pai do André Sant'Anna é o escritor Sérgio Sant'Anna, mas, naquela época, o pai do George Harrison, desculpe, eu não sou George Harrison, o Sérgio Sant'Anna ainda não era escritor, nem meio hippie, mas estava começando a ser, tinha ganhado uma bolsa para viver em Paris e o Andrezinho, que foi gerado na véspera do golpe militar brasileiro, estava em Paris no Maio de 68 e também havia passado pela Primavera de Praga, em Praga, onde ganhou uma coleção de fantoches, um verdadeiro elenco de atores para as primeiras histórias inventadas pelo Andrezinho bonitinho, inteligentezinho, testemunhazinha da História, meio precocezinho, tirando a maior onda em Paris, em maio de 68, e ouvindo quase que em primeira mão o *Magical Mystery Tour*, em Londres. Outro momento forte da História que o George Harrison assistiu de perto foi a Reunificação da Alemanha, mas isso é mais para o final da história.

Aí o De Gaulle desconstruiu a juventude revolucionária francesa, meio anarquista, meio hippie, meio comunista, a *Chinesa* do Godard e os soviéticos fecharam a Primavera de Praga, a caretice sempre vencendo, os idiotas sempre no poder, e o Andrezinho Muniz Sant'Anna e Silva voltou com o Sérgio Sant'Anna e a Mariza Muniz para Belo Horizonte. O coitadinho não aprendia a amarrar o sapato, apanhava das meninas do prédio, não aprendia a andar de velocípede, era sempre o primeiro a ser achado no esconde-esconde, mas tinha uma cabeça deste tamanho e, como era George Harrison, já sabia bastante sobre o De Gaulle, golpes de Estado, rock'n'roll, *2001: Uma odisseia no espaço*, Roberto Carlos, João Gilberto, a Tropicália. Uma vida interior profunda dentro daquela cabeça enorme em cima daquele corpo magrelo. E aí o Sérgio Sant'Anna foi ficando meio hippie, ficando meio hippie, a Mariza foi ficando meio hippie, ficando meio hippie, e o George Harrison foi ficando uma criança meio hippie, meio Robinson Crusoé, meio jogador de futebol, da Seleção Brasileira, do Fluminense, e nasceu a irmãzinha do George Harrison, a Paul McCartney, que tocava um pianinho de brinquedo, enquanto o George Harrison tocava balalaica e cantava fingindo que um penduricalho da cortina era o microfone. Pois é, estou confessando: esse negócio de que George Harrison é na verdade o André Sant'Anna, na verdade é tudo mentira. E a mãe do André Sant'Anna abriu um Atelier de arte infantil, que era um negócio diferente, nós, as crianças, fazendo uns negócios muito loucos, uns robôs muito loucos, uns monstros e a gente fazia música também e tinha o Matheus, colega de escola e de Atelier do André. O Matheus sabia tocar "The Fool on the Hill" na flauta doce e o George Harrison não sabia tocar instrumento nenhum, mas já tocava todos os instrumentos. E eles também eram os Beatles.

Os tios do André Muniz eram todos hippies na época, quando o pai e a mãe do George Harrison foram para os Estados Unidos, por causa de outra bolsa que o Sérgio Sant'Anna tinha ganhado, e tiveram experiências muito loucas, como ouvir *Bitches Brew*, aquele disco muito louco do Miles Davis, assistir a uma peça do Bob Wilson que eu passei a vida inteira ouvindo falar a respeito — e os *Sonetos de Shakespeare* que o Bob Wilson encenou, no Berliner Ensemble, também foi uma dessas coisas emocionantes que acontecem na vida, aquele arrepio do "Blue Jay Way", naquele dia, a gente chegando de Praga, quarenta e tantos anos depois da Primavera, mas eu não vou conseguir explicar essa sensação nem que eu conseguisse escrever mil livros cheios de palavras e explicações — e os meus pais e os amigos dos meus pais foram ficando todos meio hippies, uns escritores meio hippies de toda parte do mundo, e começaram a fumar uns baseados, e o pessoal, os hippies brasileiros, uns caras todos cabeludos, uns caras doidaços, todos iam à nossa casa, para escutar o *Abbey Road*, que os meus pais trouxeram dos Estados Unidos. The dream is over etc.

E quando o Sérgio Sant'Anna e a Mariza Muniz estavam nos Estados Unidos, o George Harrison, que já era George Harrison, e a Paul McCartney, que era só um bebê, viveram um tempo na casa do Vô Adelelmo, que era um avô muito doido, que finge até hoje, aos cento e cinco anos de idade, ser um sujeito careta e tal mas é o maior doidão, que estava sempre inventando umas coisas, tocando violino, fazendo umas esculturas e os filhos do Vô Adelelmo, todos hippies, tinham um covil no fundo da casa, que era praticamente um estúdio de som. Todos os tios do André Muniz faziam música e no covil da casa do Vô Adelelmo tinha guitarra, baixo e bateria e um teclado Moog e uns posters dos Rolling Stones e o André e o primo dele ficavam lá vendo os tios tocando rock e depois jazz e era sensacional e o George Harrison podia até tocar uma guitarra elétrica de verdade, parecida com a do George Harrison, toda colorida, bem mais possante que a balalaica que o Vô Sant'Anna tinha trazido da União Soviética para o George Harrison, que tinha os brinquedos mais incríveis da rua, em Belo Horizonte, trazidos pelo Vô Sant'Anna, que trabalhava para o governo e viajava pelo mundo inteiro.

O Sérgio Sant'Anna lançou seu segundo livro em 1973 e se tornou um escritor mesmo e começou a se dedicar o tempo todo a isso e ficava trancado num escritório em casa, escrevendo, escrevendo, escrevendo e o Andrezinho ficava ouvindo aquele barulho da máquina de escrever e o pai do Andrezinho se queixava muito, dizendo que escrever literatura não era mesmo uma coisa muito prazerosa. Que era um inferno. Inferno! E na casa do Vô Adelelmo tinha piscina e tinha sauna e tinha um campo de peteca e tinha o covil com o piano, guitarra, baixo e bateria e uns instrumentos de banda — tuba, trombone, bombardino, trompete, e os tios do André Muniz também tocavam flauta e saxofone e piano e baixo de pau e todo domingo ia todo mundo para a casa do Vô Adelelmo e os hippies, lá, fazendo música, doidões, fumando uns baseados, comendo lombo com farofa e batata frita e era uma coisa e o Andrezinho não tinha a menor noção do que significavam aqueles sinais naquelas partituras espalhadas pelo covil mas já compunha assim mesmo, escrevia ele próprio, o Andrezinho, todas as músicas dos Beatles, nas partituras, e dava as partituras para a mãe ler e tocar na flauta doce, mas os sons que saíam da flauta da mãe não se pareciam nem um pouco com as músicas dos Beatles, mas o Andrezinho fingia, ele era George Harrison.

O André Sant'Anna não queria ser escritor como o Sérgio Sant'Anna, que sempre escreveu como se estivesse numa guerra contra si mesmo. O André Sant'Anna queria era ser igual ao George Harrison, que era a pessoa que tinha a vida mais maravilhosa na face da Terra, com aquela guitarra colorida, aquelas aventuras do filme *Help!*, uma namorada lourinha, a Pattie Boyd, que foi o primeiro amor do Andrezinho, e o George tinha também uma turma com mais três amigos.

Acho que, por causa dos Beatles, eu sempre precisei de turmas, grupos, bandas, conjuntos, camaradas. E fazer música é quase sempre uma coisa de bando, enquanto escrever é uma parada solitária, quase sempre movida por sofrimento, dor, raiva, essa angústia de tentar explicar sensações que não podem ser explicadas por palavras, como a visão daqueles vietnamitas todos à beira da estrada, num mato da República Tcheca, perto de Dresden, muita chuva, o nível dos rios subindo, o rádio avisando que havia previsão de enchente, e, algumas horas depois, no Berliner Ensemble, tinha aquela velhinha cantando com aquela voz de menina, uma velhinha que, dizem, fez parte do grupo do próprio Bertolt Brecht, em Berlim, cantando um dos sonetos de Shakespeare, que lindo!

O Andrezinho lia muito e gostava, com aquele cabeção. O Robinson Crusoé foi o primeiro personagem literário que o George Harrison foi. Depois veio a coleção inteira do Monteiro Lobato, os comics todos da Marvel, eu era o Thor, e uma agente da Interpol, em quadrinhos, que tinha uma roupa preta assim, toda colada no corpo e ela era linda!, era a namorada do Thor e as coisas mais importantes na vida do George, Andrezinho, digo, passaram a ser sexo e futebol e índios Sioux e eu comecei a ler livros de adultos, com cenas de sexo — *Papillon*, *Tubarão*, *Guerra conjugal*, do Dalton Trevisan, que deu umas ideias meio erradas, a respeito de sexo, para o Andrezinho. E o *Feliz Ano Novo*, do Rubem Fonseca, tinha sexo e futebol, um conto que tinha um treino da Seleção Brasileira, o Gérson, cérebro do time, cuspindo um cuspe cristalino, sinal de boa forma física, de boa saúde. Aos onze anos, George Harrison era o cacique Nuvem Vermelha e, quando brincava de Forte Apache, passou a usar os índios como sua turma e não os soldados americanos, matadores de nobres guerreiros e o maior bandido de todos era o general Custer, aquele filho da puta. E eu descobri que *Engraçadinha*, do Nelson Rodrigues, era um livro contando tudo o que um beatle de onze anos de idade precisa saber sobre sexo: incesto, automutilação peniana, lesbianismo e outras coisas estranhas.

Eu gostava de ler, mas, entre a literatura do papai e a música da mamãe, entre a guerra solitária do papai e a galera hippie dos titios, é óbvio que o Andrezinho preferia o rock'n'roll e, depois dos Beatles e dos tropicalistas, vieram o Pink Floyd e os Carpenters cantando "Please Mr. Postman", que era a música de amor que fazia eu pensar na menina pela qual eu estava apaixonado, lá na minha escola.

Mas, naquela época, eu não pensava em ser artista, não. O Andrezinho teve várias profissões: químico, astrônomo, jornalista, cronista esportivo. O Andrezinho foi nadador, jogador de futebol, jogador de basquete, surfista, skatista, além de guitarrista dos Beatles. E, antes de ser músico ou escritor, foi ator, autor e diretor de teatro. Tudo o que o George Harrison queria fazer, o George Harrison fazia mesmo sem saber fazer.

É um sofrimento isso: fazer muitas coisas que você não sabe fazer. André Sant'Anna nasceu com quatro dedos na mão esquerda, sem o mindinho, sem marcas, e ganhava todas as disputas de par ou ímpar, e, claro, até daria para estudar muito, praticar novas técnicas, para ser um guitarrista com um dedo a menos e justamente o André Sant'Anna, que era George Harrison. George Harrison até tentou virar canhoto, estudava com a guitarra ao contrário, mas tocava do lado certo, com as cordas ao contrário, quando fazia música muito louca experimental transgressora de vanguarda com o Tao e Qual, um grupo de rock conceitual, meio doidão, meio jazz, e que fazia até umas erudições, umas experimentações contemporâneas muito loucas experimentais transgressoras de vanguarda.

Mas antes disso, quando os pais do André Sant'Anna se separaram, o Andrezinho foi morar com a mãe e a irmãzinha em Ubatuba, uma cidade na época pequenininha, que dava para dormir com a porta da casa sem trancar, dava pra andar a qualquer hora do dia e da noite em qualquer lugar com muito pouco medo e era um negócio mesmo espetacular, uns três anos de pré-adolescência ideais para um garoto que apanhava das meninas e não sabia andar de bicicleta e era muito medroso. O André devia ter dado uma porrada bem no meio da cara daquele gordinho filho da puta. Uma só, no nariz, e pronto. Mas não. O Mané arregou para o gordinho filho da puta e ficou com fama de "viadinho" entre a turma da escola, a turma que jogava futebol o dia inteiro, na quadra em frente à casa do "viadinho". Mas foi até bom, porque eu tive que sobreviver, fiquei meio amigo do pessoal do surf, que garantia uma certa proteção e depois entrei para um grupo de teatro que a minha mãe montou, onde havia as primeiras meninas pelas quais me apaixonei e a gente fazia teatro, escutava uns discos, dava uns beijinhos, tomava banho na cachoeira e éramos muito bonitos, saudáveis, da praia, as meninas com flores nos cabelos, o mundo ia começar, era agora que a vida começava, depois do primeiro beijo na praia, numa época sem veraneio, uma época meio hippie, uns caras tocando violão e gaita na praia. E o George Harrison com as namoradinhas do grupo de teatro, na praia, de noite, com fogueira, o cara tocando música do Beto Guedes e da Rita Lee, no violão, e as estrelas, os beijinhos, os peitinhos. E eu fui morar, depois, com o meu pai, no Rio de Janeiro.

Por causa das meninas mais sensíveis e inteligentes e da possibilidade de um dia ser ator de novela, naquela época em que as pessoas das novelas eram as pessoas mais bacanas que existiam e eu queria ser um jovem de uma série da televisão, um jovem que fazia teatro, pegava onda, tocava guitarra e namorava a atriz mais bonita na novela, foi que entrei para o grupo de teatro da escola, que era uma escola de padres ligados à Teologia da Libertação e a escola era sensacional, uma liberdade que funcionava, porque era bom ir à escola e o André fazia teatro e tinha uma banda e escrevia para o jornal dos alunos e operava uma estação de rádio, "Amor e Natureza", no pátio da escola dos padres libertários, o *Bitches Brew*, do Miles Davis, aqueles adolescentes comendo hambúrguer e ouvindo Miles, doidão, e fazia política estudantil como ministro de um grêmio acadêmico anarcomonarquista, que tomou o poder político, coroando dom Peppino IV rei do Colégio São Vicente e, na praia de Ipanema, no Posto 9, o André foi vendo aquela gente: o Glauber Rocha fazendo discurso, o Macalé empinando pipa, o Gabeira de tanga rosa de crochê, a Isabel do vôlei grávida, o Caetano Veloso com a Dedé e o pessoal do Asdrúbal Trouxe o Trombone no Teatro Ipanema e a coisa que eu mais queria na vida era ser ator no Asdrúbal. Mas tinha o negócio do jazz.

Eu, que sempre sabia mais do que os meus colegas em qualquer área artística, achei aquele pessoal do teatro da escola meio devagar. O professor era meio careta e não conhecia nem o básico, como *O apanhador no campo de centeio*, *Ubu Rei* e a Patafísica, a ciência das soluções imaginárias do Alfred Jarry. O Sérgio Sant'Anna ficou amigo do Antunes Filho e eu ia lá no Teatro João Caetano ver o Antunes ensaiar *Macunaíma* e era uma coisa muito espetacular para o Andrezinho, o Antunes dirigindo, as atrizes nuas. Eu ia quase toda noite ver o *Macunaíma* do Antunes e matava aula para ir aos ensaios. E, uma vez, eu disse para o Antunes Filho que eu queria ser ator e o Antunes me disse que era para eu não ser ator de jeito nenhum, que, cá entre nós, os atores só repetem o que os outros criam, que eu seria diretor de teatro. E, de fato, embora eu faça tudo — teatro, música, literatura, artes plásticas, cinema e balé —, o que eu acho mais interessante, mais criativo, mais adequado para alguém que não sabe atuar, tocar, escrever, filmar, bailar, é o teatro. O teatro é para quem sabe fazer tudo. E quem não sabe fazer nada tem que inventar um jeito de fazer as coisas e esse jeito, baseado no "não saber", é sempre uma invenção, é sempre original, é você usando todas as ferramentas para fazer algo único. Depois do Glauber, o cineasta que eu mais gosto é o Godard — o Glauber e o Godard fazem filosofia e poesia de som e imagem e luz e fúria.

Mas teve um festival de jazz no Rio de Janeiro e tinha uma turma nova que o George Harrison arrumou, uns caras que gostavam de ficar tocando violão, gaita, vaso de cerâmica, tinha um violão só com três cordas graves, fazendo o baixo, e a gente passava a noite fazendo música original, já que ninguém sabia tocar mesmo os instrumentos. E aí esse violão de cordas graves e o Jaco Pastorius tocando baixo no disco *8:30*, do Weather

Report, fizeram com que eu começasse a achar o contrabaixo um instrumento bacana, chique, e eu virei baixista, compositor, performer, bailarino e a gente fazia shows muito loucos experimentais transgressores de vanguarda e viajamos tocando pelo Brasil todo, por uns buracos no interior, no Circo Voador e aquilo era tudo o que eu queria e literatura, para mim, era escrever aqueles textos muito loucos experimentais transgressores de vanguarda, que eu leio até hoje, numas performances muito loucas experimentais transgressoras de vanguarda que eu faço por aí, que eu faço até hoje, ainda vivendo daquele jovem que escrevia, mesmo não sabendo escrever, meio hippie, meio punk, fazendo aqueles espetáculos meio esquisitos, cheios de microfonia, muito eco, um naipe de sopros que nem sempre afinava, gosto muito, e me acho um artista invocado quando eu vejo os vídeos gravados do Tao e Qual no palco.

Mas dinheiro é a coisa mais importante que existe e eu tinha vinte anos de idade e a minha namorada era a cantora do Tao e Qual e ela tinha uma voz aguda e eu era o Arrigo Barnabé e ela era a Tetê Espíndola e eu morava com o meu pai e eu não tinha emprego, não tinha profissão, não ganhava o dinheiro próprio, eu não sabia o que ia fazer da vida e o Arrigo Barnabé entrava e saía da Faculdade de Música e tinha muita preguiça de estudar, de tocar bem o instrumento e não ia dar pra ser, assim, contrabaixista de acompanhar artista e muito menos contrabaixista de jazz, assim que nem o Jaco Pastorius e o Tao e Qual era muito doido demais, era ótimo, um troço esquisito mesmo, e não ia virar, assim, uma banda pop, e o pessoal ia ter que trabalhar e o Jaco Pastorius — Arrigo Barnabé — foi trabalhar em propaganda, foi ser redator publicitário e a Andrea, a cantora namorada, começou a namorar o Lula, o guitarrista, o amigo, parecia até novela de televisão, e o Andrezinho sofreu demais, lá sentado na frente da máquina de escrever, na agência de publicidade, sentindo aquela dor do amor. Eu comecei a escrever compulsivamente sobre a dor do amor e sobre a percepção de que dinheiro é a coisa mais importante que existe, uma desgraça mesmo, um negócio que destrói tudo, que premia defeitos de caráter, que pune qualidades inequívocas. E o Andrezinho escrevia aquelas coisas, ele fazia psicanálise e lia o livro *A negação da morte*, do Ernest Becker, um livro que convence o Andrezinho de que tudo é loucura, que até as coisas normais são loucura, que tudo o que o homem faz é para disfarçar sua insignificância, essa tentativa de não ser só homem, ser mais, de disfarçar o sangue que jorra, a indiferença dos seres uns para com os outros, pô, e a morte.

Os parceiros todos do Tao e Qual e o George Harrison tiveram que ir ganhar dinheiro, que é a coisa mais importante que existe, muito mais do que música muito louca experimental transgressora de vanguarda. E eu conheci a Pati, que é minha mulher hoje, numa agência de publicidade onde eu ganhava dinheiro, e a Pati é alemã, e eu comecei a namorar com a Pati e a Pati ia voltar para a Alemanha e, quando ela foi, eu fui junto. E a gente morou em Berlim logo depois da Reunificação da Alemanha e Berlim Oriental era ainda um lugar de aspecto comunista e o pessoal de lá parecia meio hippie, enquanto os ocidentais eram meio punks e era tudo muito doido e interessante e eu sempre tenho muita saudade daquela época, quando se pensava que um grupo de pessoas estava se libertando de alguma coisa. Acho que o Leste foi simplesmente anexado, e a Nova Ordem e a morte de Karl Marx apenas estão fazendo do dinheiro o troço mais sagrado, a coisa mais importante que existe, e eu penso o tempo todo em dinheiro, em como é que eu vou pagar a minha velhice, as minhas dores, eu todo artista.

George Harrison é um escritor brasileiro e, por isso, viveu quase a vida toda sofrendo pelo dia em que o dinheiro não ia mais dar. Os avôs do George eram pobres que ficaram ricos. Os pais do George são filhos de pais ricos, que se tornaram meio hippies e meio pobres e eu nasci meio hippie e meio pobre e passei a vida meio acostumado com crises econômicas. Por causa da crise econômica de 90/91/92, período em que o George morou em Berlim e escreveu para o *Jornal do Brasil* um texto/crônica sobre os equívocos da Nova Ordem Mundial, sobre o Lobo Mau capitalista, e ficou todo excitado, escrevendo um monte dessas coisas que a gente guarda na gaveta e depois acha e fica na dúvida se é bom ou não é, o André Woll veio morar em São Paulo, porque em São Paulo tinha mais dinheiro rolando do que no Rio e dinheiro é a coisa mais importante que existe no universo infinito. E eu confesso que sempre tive essa vaidade de ser artista, de dizer coisas importantes, de tocar profundamente a alma das pessoas, de explicar direitinho a todo mundo o que eu estou vendo em todos os lugares ao mesmo tempo, explicar que eu estou entendendo tudo, sabe? Jamais morrer, desafiar o desconhecido, enfrentar a arbitrariedade de Deus, ser George Harrison. Ser Glauber Rocha.

Em São Paulo não tinha banda, nem teatro e o George, coitado, era redator numa agência de publicidade pequena, minúscula, com um chefe que tossia e dizia que cresceríamos juntos rumo ao sucesso e era como se a vida não existisse, porque eu passava o dia inteiro tentando perceber se o chefe gostava de mim ou não, se eu seria demitido, e eu almoçava em restaurante de comida a quilo e era tudo muito deprimente e eu tinha de ser artista de qualquer jeito e o chefe me falava coisas grosseiras sobre as bundas das funcionárias.

Eu li o livro *O buda do subúrbio*, esqueci o nome do autor, mas ele tinha um nome indiano, era um desses ingleses filhos de indianos, mãe inglesa e pai indiano, e o livro era jovem, era engraçado, tinha rock'n'roll e eu me diverti muito ao ler. E eu achei que eu poderia escrever um livro assim, leve, falando das histórias do Tao e Qual, falando de um jovem que tinha uma banda e tinha uma namorada e tinha toda uma vida pela frente.

Eu visitei o museu de Art Brut, em Lausanne, e havia lá umas obras muito loucas de uns caras que eram grandes artistas, que tinham coisas importantes para dizer à humanidade, como artistas criadores, mas que são classificados como uma coisa à parte, fora da História da Arte e, pô, é justamente o contrário, porque esses caras não aprenderam arte. Esses caras, tinha até estuprador de bebê entre eles, esses caras criavam a própria linguagem para dizer coisas importantes que ficam atormentando a vida deles, as noites deles, no escuro e eles dizem tudo.

E eu lia *O buda do subúrbio* que eu estava escrevendo, que se chamava *All Blues*, que é uma música do Miles Davis, e o personagem principal de *All Blues* era trompetista igual ao Miles. E eu lia e não estava gostando daquilo, que aquele livro, o *All Blues*, era igualzinho ao *Buda do subúrbio*, só que com outra história. Era como se o autor de *All Blues* fosse aquele autor inglês/indiano que eu esqueci o nome.

E eu vi o filme do Godard, o *JLG por JLG* e, no filme, o Godard aparecia falando que "cultura é regra e arte é exceção" e que "a cultura vai fazer de tudo para matar a arte", transformar a arte em cultura, os artistas todos fazendo os mesmos filmes, a mesma música, os mesmos livros e eu não queria fazer livros, ou shows, ou peças de teatro iguais a outros livros, outros shows, outras peças de teatro.

E eu li *Miséria dourada*, um livro do Jorge Mautner, que é um artista do jeito que eu sempre quis ser, que não é um artista que toca bem um instrumento, ou tem uma bela voz, ou sabe escrever bem, enxugando o texto ao máximo, e sim um artista que inventa linguagens únicas, para falar de coisas únicas, individuais e eu resolvi explicar como o mundo funcionava e escrevi *Amor*, que é um poema grande, que fala de todas as coisas que existem e tudo o que escrevo tenta falar sobre todas as coisas que existem, mas eu sempre acabo esquecendo quais são mesmo todas as coisas que existem.

E eu publiquei *Amor* pela Dubolso, que é a editora do Sebastião Nunes, que é poeta, ou ex-poeta, que também era outro muito louco experimental transgressor de vanguarda, e a gente, no Tao e Qual, fazia sons muito doidos com os poemas do Tião. Foram quinhentos exemplares e eu não era escritor, e eu ainda queria fazer shows multimídia e tocar contrabaixo e discutir estética nos botecos e eu bebia muito, muito, demais.

Eu enviei *Amor*, pelo correio, para um monte de gente e o Antônio Houaiss, o cara que traduziu primeiro o *Ulisses* do Joyce para o português, me escreveu uma carta, dizendo que, na idade dele, ele, o Antônio Houaiss, não esperava ser surpreendido por mais nada e estava surpreendido com *Amor*. E ele já tinha mais de noventa anos e morreu logo depois. E o Raduan Nassar me telefonou e me enviou uma carta, e o Dalton Trevisan e o Millôr Fernandes, e Bernardo Carvalho escreveu na *Folha de S.Paulo* que eu era escritor e foi assim que eu me tornei escritor.

Depois eu escrevi *Sexo*, para me vingar dos chefes das agências de publicidade pequenas que eu trabalhei e que sempre falavam sobre sexo de um jeito tão nojento que eu ficava até com um pouco de nojo de sexo e o livro *Sexo* é um livro com a linguagem do preconceito, do racismo, do machismo, do fascismo, e o sexo que é feito no livro é bem nojento.

Amor, sexo e amizade é uma trilogia que termina com *Amizade*, que são contos em primeira pessoa, monólogos mentais de gente egoísta, de gente que não percebe "o outro", gente louca que não sabe que é louca. São textos que agora estão sendo muito usados no teatro e fazendo com que eu volte a escrever teatro e trabalhar com outras pessoas e gosto muito que isso esteja acontecendo.

O André Sant'Anna quase morreu, um ano depois que o George Harrison tinha morrido. O André Sant'Anna bebia demais e teve uma Pancreatite Aguda Necro-Hemorrágica, quando trabalhava escrevendo discursos para campanhas eleitorais, em Natal/RN. Quando a Pati chegou no hospital, disseram pra ela que o André M. S. A. Silva tinha apenas cinco por cento de chances de sobrevivência. Teve gente chorando a minha morte, mas, como, na verdade, eu nunca fui George Harrison de verdade, eu sobrevivi. O dr. Silvio foi o cara que salvou a minha vida e que só salvou a minha vida porque não era só um médico profissional, mas um cara que tava ligado, que prestava atenção no paciente, prestava atenção no "outro" e realizou vários milagres durante os seis meses que fiquei internado no hospital e achei que ia morrer e tive uma encefalite e achei que nunca mais eu ia poder comer as comidas que eu gosto, que eu nunca mais ia ser feliz e trabalhar normalmente e ganhar dinheiro, que é a coisa mais importante que existe, que é a coisa que eu mais detesto.

Quando eu saí do hospital e voltei para minha casa em São Paulo, todo magrelo, os vizinhos achando que eu estava com aids, todo torto tonto, por causa da encefalite, foi aí que eu percebi que eu não sabia mais tocar contrabaixo e eu escrevi um romance, de quase quinhentas páginas, que falava do Muhammad André apanhando dos colegas na escola, jogando futebol, vivendo em Berlim, e de um músico que não sabia mais tocar, o Mané, personagem do André, cometendo um atentado terrorista contra si mesmo, e do hospital e sobre o medo da morte.

Eu escrevi também um livro chamado *Inverdades*, com umas histórias de gente importante, de músicas, onde eu conto histórias do Jimi Hendrix, do João Gilberto, do Miles Davis com o Duke Ellington, no cemitério em Nova York, e dos Beatles fumando maconha no banheiro do palácio da rainha da Inglaterra, o Mick Jagger, o Roberto Carlos, o Erasmo e o Tim Maia.

E o último livro foi *O Brasil é bom*, que é um livro para reclamar que o Brasil que o Andrezinho Glauber Rocha, com os amigos dele lá no Posto 9, achava que ia acontecer — a revolução eztétyka do Glauber Rocha, a nova cultura afro-índia-europeia do Darcy Ribeiro, o bim bom do João Gilberto, Hermeto tocando flauta para os passarinhos — não vai acontecer. Uma tristeza só.

E a literatura eu não sei. Eu não sou George Harrison na verdade, mas eu até voltei a fazer uns shows de música muito loucos experimentais transgressores de vanguarda e escrevo peças de teatro e gosto de ir ao palco, faço performances muito loucas experimentais transgressoras de vanguarda, escrevo livros difíceis de serem classificados por gênero, e já não sofro tanto por não ser o contrabaixista que ficaria bonito eu ser, porque eu sou George Harrison, eu escrevo poemas, eu sei babar, grunhir e gemer no palco, e danço balé, coreografias muito loucas experimentais transgressoras de vanguarda, eu toco todos os instrumentos, mesmo não sabendo tocar nenhum e o jornal me chama de escritor, mesmo eu não sendo.

A história do Brasil

*Para Glauber Rocha, Jorge Mautner
e Darcy Ribeiro*

George Harrison, o dos Beatles, não tem nada a ver com a história do Brasil. Quer dizer, os Beatles estavam lá, nos arranjos do Rogério Duprat, na Tropicália. Os arranjos do Rogério Duprat, o Caetano Veloso e o Gilberto Gil e Os Mutantes e o pessoal todo que tinha esse som do Brasil que era para ser. Um som que tinha a ver também com a Inglaterra, as trompas do George Martin, guitarras coloridas com tambores, Gotham City na Bahia, batmacumba.

Porque o Brasil podia ser esse som que vem de toda parte, até de Liverpool. Todos os sons ao mesmo tempo, geleia geral, tropical etc. e tal e a Gal. O Brasil era para ser o "amálgama de todas as culturas" do Jorge Mautner, "de Jesus de Nazaré aos tambores do Candomblé"!

Mas seria preciso amar o próximo, amar o diferente, amar até o inimigo, se mixar. Ah, se os cristãos que aqui chegaram amassem ao próximo! Mas não!!!!! Eles amavam a riqueza! O lucro! O dinheiro! O dinheiro é a coisa mais importante que existe!

Ah, como os tupinambás amavam seus inimigos devorados! Ah, como eles amaram Hans Staden — ah, como são lindas as histórias que o alemão contou sobre o Brasil lá na Alemanha! Histórias antropofágicas, histórias tropicais, histórias modernistas. Ah! Como os tupinambás amaram o alienígena alemão, um amor tão grande pelo próximo, um amor tão grande pelo diferente, uma vontade tão grande de se misturar que os antropófagos queriam ter o Hans Staden atravessando seu aparelho digestivo, de buraco a buraco! Essa capacidade que os brasileiros tinham tudo para ter, de transformar umas coisas em outras coisas, umas parada em outras parada.

Macunaíma!

O Antunes Filho, quando encenou *Macunaíma*, usou Strauss de trilha sonora, o "Danúbio azul", e a maior de todas as valsas também acabou se tornando história do Brasil, assim como as trompas do George Martin, arranjador dos Beatles, da Inglaterra, que o Rogério Duprat meteu na Tropicália antropofágica.

Que coisa estranha! Escrevo o parágrafo anterior e o George Martin tinha morrido e o Naná Vasconcelos também. As trompas inglesas e os tambores. Será que aquele Brasil que era para ser está mesmo morrendo? As trompas, os tambores, as guitarras coloridas, Macunaíma e "Danúbio azul"?

Sim! Está! Estamos mesmo morrendo! O desespero lisérgico de Glauber Rocha, morrendo muito novo, na *Idade da Terra*, desesperado, cristão, gritando acerca de um novo Cristo vivo, um Cristo que renasceria no Terceyro Mundo, novíssimo Cristo para um novíssimo mundo — transformação da fome/violência em revolução, nova eztétyka, o Santo Guerreiro morrendo, o Dragão da Maldade vencendo, a burrice sempre vencendo. A burrice sempre vencendo! Pobre e colossal Glauber Rocha!

A revolução é uma eztétyka!

O amor cristão como eztétyka revolucionária na *Idade da Terra*. Entendeu o filme agora?

A História não para e agora me morre também o Cruyff da Holanda, todo mundo está morrendo, e o Cruyff e a Holanda dele, a de 74, estavam fazendo um futebol que era meio mágico, balé geométrico, carrossel holandês, em 1974, aquele monte de camisas alaranjadas voando para cima e para baixo e ocupando todos os espaços o tempo todo. Consciência do tempo/espaço. Sim! Einstein! Uma Holanda que ganhou do Brasil por 2 × 0, na Copa da Alemanha, quarenta anos antes do 7 × 1 em Belo Horizonte, uma Holanda que criava uma cultura à vanguarda no futebol, enquanto o Brasil entrava na cultura dos cabeças de área, o Carpegiani no lugar do Ademir da Guia, enterrando de vez os lançamentos em profundidade do Gérson e do Didi, os dribles curtos do Tostão e do Clodoaldo. Essa tendência histórica de trocar tudo o que é bom por croc-chips-bits-burgers descartáveis, e perseguir o tempo todo, a todo custo, naquela angústia, a própria extinção. O Brasil no desenvolvimento de uma cultura suicida. Exportação de commodities agropecuárias, eterno subdesenvolvimento.

Era para ser outra coisa:

O Kynerama, poesia feita de imagem e som, do furioso Glauber Rocha. A luta do rochedo contra o mar!

Mas não! Dinheiro é a coisa mais importante que existe!

Dinheiro é muito mais importante do que amor e a Companhia dos cristãos que vieram para as terras da Verdadeira Cruz não veio trazer amor, mas fazer dinheiro. Dinheiro! A coisa mais importante que existe!

O nosso santo Padre Anchieta, soldado da santa Companhia de Jesus, não deve ter percebido a presença do Cristo entre os tupinambás que viviam no litoral criado por Deus, do Rio de Janeiro a São Vicente, serra do Mar, São Paulo do Piratininga, era burrinho o padre santo. Ou mal-intencionado mesmo. A burrice é irmãzinha da maldade! Porque o amor cristão estava ali, nas areias de Iperoig, onde o santo luso-brasileiro escreveu o *Poema à Virgem*, onde o diplomata apostólico fez teatro com as indiazinhas, um teatro impregnado de pecados, o educador jesuíta transformando anjos em pecadores, matando o verdadeiro amor cristão sem igreja dos tupinambás, tá tudo lá escrito nos Evangelhos, o pão repartido, o desapego material, a ausência de pecado de quem não havia ainda provado frutos proibidos — trabalho! dinheiro! E o amor era livre e o mar que quebrava na praia era bonito, era bonito. A violência antropofágica como gesto de amor, ter o inimigo amado no sangue, nas tripas, na alma forte, múltipla de amores, ideias esquisitas, memórias quânticas digeridas — memórias antropofágicas. O encontro dos tupinambás com Hans Staden. Hans Staden falando, na Europa, sobre uma cultura antropofágica muito louca de Iperoig, Ubatuba, onde passei minha infância, jogando futebol, Cruyff, com uns moleques meio índios, meio franceses.

Como todos os inocentes, os tupinambás eram otários. Imagine os tupinambás, lá, amando uns aos outros, artistas ao redor do fogo, dançando e cantando aqueles sons muito loucos, a floresta inteira viva, bichos-preguiça, os papagaios, os macacos, os vaga-lumes, os caranguejos etc. e tal e a Gal. Foi muito louco também quando apareceram aqueles franceses todos peludos, trazendo aquelas coisas todas muito loucas, os apitos, os espelhos, os facões, esse tipo de coisa. Uma experiência revolucionária esse encontro dos franceses com os tupinambás sob a serra do Mar, a Mata Atlântica total, trópico de Capricórnio, amor livre, indolência criativa, milhões de estrelas no céu, lua sensacional, insetos, muitos insetos, pássaros da noite, Urutau, Mãe-da-Lua sensacional, encontro interplanetário, big bang de nova cultura, esse encontro.

O Brasil era para ser muito louco. Era para ser bem bacana.

Os franceses que aqui aportaram não tinham lá muito apego ao seu Deus, ao seu Cristo, e iam sempre direto ao mais importante: Dinheiro! A coisa mais importante que existe! Papo reto, me dá isso que eu te dou aquilo, façamos l'amour.

Amor? Não!!!! O que interessa é o dinheiro! A realidade! Os fatos:

- Em 1500, os portugueses peludos chegaram no Brasil.
- Em 1534, o rei de Portugal autorizou, aos donatários das capitanias hereditárias, a escravização indiscriminada dos índios brasileiros.

- Em 1554, cinco chefes tupinambás se reuniram e fundaram a Confederação dos Tamoios, com o objetivo de enfrentar os portugueses e resgatar índios escravizados nas cidades de São Paulo do Piratininga e São Vicente.
- Em 1563, percebendo que a Confederação dos Tamoios venceria a guerra, Portugal enviou os padres Nóbrega e Anchieta para firmar a Paz de Iperoig, no local onde é hoje a cidade de Ubatuba, e fazer uma aliança com os tupinambás para expulsar os franceses daquele litoral sensacional, que beleza, bonito por natureza.
- Em 1567, o povo tupinambá dos tamoios Cunhambebe, Aimberê, Pindobuçu, Araraí e Coaquira sumiu do mapa.

Assim é a História, assim é Deus, a Natureza, a vida é assim: uma espécie sobrevivendo à outra, sobrepujando a outra, dizimando, sendo selecionada naturalmente, transformando. Foram-se os tupinambás, mas ainda havia muitas outras gentes, nações inteiras!, para novos encontros culturais, novos extermínios, assassinato, escravidão e tortura sob o céu profundo acima de nós. O Brasil! Ô Ô!

A vida é assim: Sexo e violência!

Logo acabaram também com o Pau-Brasil.

A história do Brasil prossegue com demônios peludos atravessando florestas, subindo montanhas, atravessando rios caudalosos, indo para o oeste, adentrando território sem pátria, desvirginando virgens dos lábios de mel, acorrentando ubirajaras, carnificina, pornografia. O Brasileiro nascendo mameluco, filho de mãe sem Deus e de pai desconhecido. O mameluquinho, lá, altas crises existenciais, traumas psíquicos profundos, autoextermínio inconsciente, debilidade intelectual, complexos de inferioridade, crises de identidade, sem pai nem mãe. Pardinho, neguinho, futuro cotista.

Demônios peludos cruzando o Atlântico, de lá pra cá, daqui pra lá, naquela angústia, abarrotando caravelas de homens, mulheres e crianças de pele escura, gente de cor, colored people, uma crioulada danada, fedendo no porão das caravelas, dormindo entre as próprias fezes, os próprios cadáveres, chorando de dor e desespero, comendo uns troços piores do que fezes, achando até que Deus não existe e que esse tal de Jesus Cristo é um belo de um monstro sanguinário, a pele de neguinho cheia de escaras, rato comendo dedão do pé de neguinho, horror total, a boca seca de neguinho cheia de feridas, piolho, coceira, sangue, pus, cocô. Já pensou que nojo?

Segundo a Igreja proprietária da Companhia de Jesus, preto não tinha alma, não tinha Deus, não era gente humana e tinha mais é que pastar mesmo.

Então, os mercadores de Jesus, sempre pensando em dinheiro, que é a coisa mais importante que existe, mais a Coroa Portuguesa e mais uns caras que não tinham muito que fazer na vida, a não ser violência, sexo e dinheiro, uns brancos peludos meio primitivos, foram transformando o paraíso tropical, o gigante verde, em câmara de tortura, palácio das luxúrias, máquina de fazer dinheiro.

Espetáculo do crescimento! Espetáculo do subdesenvolvimento! Mão de obra grátis se tornando mão de obra barata, se tornando público consumidor barato, consumidores de croc--chips-bits-burgers baratos, povo brasileiro.

Era para ser um povo meio diferente, muito louco, à vanguarda, experimental, transgressor, um povo novo, o novo Homem. Povo brasileiro! Novo Homem!

Bem antes da Revolução Francesa, da Revolução Industrial, de Adam Smith e a invenção do Capitalismo, o Brasil nascia com a vocação para ser o "amálgama de todas as culturas" do Jorge Mautner, "Cristo entre as nações", a "transformação da fome/violência em eztétyka revolucionária" do Glauber Rocha, o "socialismo moreno" de Darcy Ribeiro (e Brizola). Seria outra história o Brasil. Com muitos deuses a nos proteger, com muitas linguagens a serem desenvolvidas para comunicar novas emoções de uma gente nova, novas teorias acerca dos mistérios cósmicos, música multiforme. Mestiçagem vira-lata apurando a raça, nova raça plural. Terceira via, terceira margem do rio.

No *Grande sertão*, junto com a linguagem muito louca, experimental, transgressora, primitivista dos jagunços gerais, havia também uma estrutura meio alemã, na organização dos longos parágrafos, com muitas informações e narradores diferentes, tudo junto ao mesmo tempo. Isso sem falar no Fausto, lá no Sertão o tempo todo. Muito de *Deus e do Diabo*, Goethe na história do Brasil, sertão cosmopolita, western filosófico, germanojagunços. E *Deus e o diabo na terra do sol*, do Glauber Rocha, épico & didático, trazendo em si a alma de Bertolt Brecht, épica & didática. A conscientização do proletariado pela eztétyka revolucionária.

O Brasil sempre é bem bacana, muito louco, quando há esses encontros, linguagens se misturando.

Espetacular seria o Brasil de todas as linguagens, todos os sons, todas as raças, toda a sabedoria universal, no futuro. Mas antes, o dinheiro!, o ouro!, o café!, a cana-de-açúcar!, o gado!, a soja transgênica!, o biodiesel!, o Pré-Sal! O Brasil é nosso!!!! Ô Ô Ô!

Ah! Como amava o Brasil, Tiradentes, lá, enforcado, depois esquartejado, ele lá esguichando sangue, os pedaços dele pendurados nuns postes pela estrada afora. A História é assim: Violência!

Ah! Como sentia grande orgulho da nova pátria, dom Pedro I, montado sobre o Cavalo Branco de Napoleão, às margens do rio Ipiranga, inventando de uma vez por todas o Brasil! Ah! Como dom Pedro I amou o Brasil! Eu te amo, meu Brasil!

Brasil Império! Imagine você um império cujo imperador é um verdadeiro herói da unidade nacional!, o libertador de seu povo!, inventor da pátria!, general de espada em punho!, Édipo se libertando dos grilhões paternos! Rei Artur da Inglaterra! Dom Pedro I do Brasil! Era assim o Império Brasileiro: o Imperador do Brasil lá, no Rio de Janeiro, tocando piano, compondo, de noite, a lua sensacional no céu, o Cruzeiro do Sul no céu, um ventinho vindo do mar, o contorno dos morros iluminados pela lua sensacional, macaquinhos pulando nas árvores lá fora, sereias da Corte e da Senzala dançando ao redor etc. e tal e a Gal, tropicália real, império moreno, que legal. O Brasil vai ser bom. Sim! Vai ser sim!

E o filho do imperador músico, que maravilha!, também era um cara legal, meio austríaco, uma elegância meio austríaca, esse amálgama do Jorge Mautner se formando, uma família real que já misturava austríacos com ibéricos, que já tinha uns mouros no meio e o dom Pedro II lá, com aquela barba, estudioso da fauna e da flora, um cara que apreciava os livros, apreciava arte, era moderníssimo e já transava com o capital internacional inglês, o Capitalismo nascente, já tinha percebido até que preto tinha alma e que essa parada de escravidão não tinha mais nada a ver, já que dinheiro é a coisa mais importante que existe, e era melhor para o Capital!, para a lucratividade!, para a multiplicação do dinheiro!, o crescimento econômico!, o equilíbrio social!, que os negros fossem libertos, livres para trabalhar muito e ganhar pouco e comprar pouco, pagando muito, Mais-Valia, essas parada do Capital, a abolição da escravatura assinada pela Princesa do Brasil, caminho aberto para o futuro multirracial, multicultural, antropofágico, modernista, tropicalista etc. e tal, com a Gal cantando a "Aquarela" do Ary Barroso, fontes murmurantes, o samba se preparando para nascer. Misturai-vos e multiplicai-vos, olelê, olalá, Brasil! Ô Ô Ô!

Antes que o samba fosse samba, quando a música brasileira ainda não era brasileira, quando a literatura brasileira ainda não era literatura brasileira, quando Nelson Rodrigues ainda nem tinha nascido e o teatro brasileiro ainda não era brasileiro, a sensível monarquia brasileira já foi logo sendo destronada pelo Exército, duque de Caxias, marechal Floriano, pra frente Brasil! Ô Ô Ô! O Império se dissolve em República e o Brasil passa a usufruir das mais modernas formas de produzir dinheiro, seguindo as normas econômicas do mercado internacional de dinheiro. Dinheiro é a coisa mais importante que existe! Nova ordem mundial! Morte ao Rei! Viva o mercado! Monocultura! Mão de obra barata! Commodities Agropecuárias! Espetáculo do subcrescimento!

Brasil: Um projeto de grande nação! Penúltima das grandes potências, mas com fortes indicadores de que vai subir no ranking! O Brasil sempre seguindo velozmente na direção do futuro espetacular! O importante é crescer! Mas eu tenho medo do povo! Selvagens primitivos! O povo não compreende a revolução! O povo não quer a revolução! Vi o Luís Carlos Prestes, Cavaleiro da Esperança, pouco antes dele morrer, numa palestra, dizendo que a grande revolução só seria possível com a conscientização do Proletariado.

Mas não! Nunca houve a verdadeira conscientização do Proletariado. Houve Canudos, a Revolução de 30, o Nordeste seco das criancinhas mortas! África! Crianças escravas descascando mandioca, morrendo cercadas de tanto faz por todos os lados. Com meleca escorrendo pelo nariz. E o Glauber Rocha cada vez mais desesperado, usando eztétykas de Brecht para conscientizar o proletariado e… Nada! A burrice do proletariado! A burrice do povo! O Glauber Rocha nervoso, botando o Antônio das Mortes para atirar no povo, no povo fanático e derrotado de Canudos do Beato Sebastião, Antônio Conselheiro, esse povo, aquela gente toda morrendo, sangue escorrendo, a Yoná Magalhães, linda!, Villa-Lobos! Ô Ô!

A História do Brasil, no Século XX, entre os Antropofágicos de 22 e a Tropicália, a Gal etc. e tal e o Glauber Rocha, e o Garrincha, e o *Grande sertão: Veredas* e o Hermeto tocando flauta para os passarinhos da floresta e fazendo da água do rio tambor, entre revoluções, contrarrevoluções, aberturas democráticas, o suicídio de Getúlio Vargas, fechamentos, AI-5, tudo aí acontecendo de forma a preparar esse país para o amálgama do Jorge Mautner; a tropicália antropofágica; a sublimação da fome/violência em eztétyka revolucionária do Glauber Rocha; a Carmen Miranda; o João Gilberto em Nova York, onde chove dinheiro, cantando o baião dele, aquela levada muito louca de violão, bim bom, bim bom; o Juscelino Kubitschek todo bossa-nova; essas coisas do país novo, farol pacífico da humanidade. É o maior, o que é que há?

Sim, eu sei: houve uma ditadura militar que se instalou logo depois do João Gilberto cantando "Bim bom" em Nova York e do Garrincha passando por cima da União Soviética, caótico, sem nunca ter seguido nenhum processo de conscientização do Proletariado, Garrincha, filho do proletariado de Pau Grande etc., e era uma ditadura meio estúpida, meio sem razão de ser, contra um proletariado obtuso, uma esquerda imatura, jovens meio hippies, uma luta armada desarmada, contra intelectuais sem acesso algum à consciência das massas. O povo nunca soube de nada. O povo não sabe de nada! Mas, com a Terra em Transe, Vietnã, os Mutantes no programa do Flávio Cavalcanti, homens na Lua, rock'n'roll, uns ácidos, a vinda do Living Theatre para o Festival de Inverno de Ouro Preto, a Leila Diniz lá na praia, o surf, o litoral sensacional, florestas inesgotáveis, água gerando eletricidade, cachoeiras e cascatas, e essas parada, deu até para suportar, na medida do possível, mais esse triunfo da burrice e da maldade, a Ditadura Militar!, uns caras meio nojentos, aquele sadismo nojento, apagando cigarros na pele de crianças filhotes de comunistas. O triunfo da burrice! Mais uma vez! Não! Não dá para suportar! A burrice é insuportável!

Mas o Brasil do futuro sobreviveu à Ditadura. O Glauber Rocha avisou a todo mundo que os próprios militares mais progressistas — o general Geisel, o general Golbery — promoveriam as aberturas e o restabelecimento da Democracia. O pessoal que era todo mundo de esquerda, numa época em que todo mundo que era legal era de esquerda, não gostou, ficou revoltadinho, e *A Idade da Terra*, o último filme do Glauber Rocha, o amor cristão como eztétyka revolucionária no Terceiro Mundo, ganhou uma estrela no *Jornal do Brasil*, o que significava que o filme onde Glauber Rocha ressuscitava Cristo no Terceyro Mundo era péssimo, um pouco pior que *O bem dotado, o homem de Itu*, que ganhou duas estrelas e era só ruim. Revolução eztétyka porcaria nenhuma!

Em 1980, eu era adolescente, todo George Harrison, e eu estava chegando no Rio de Janeiro, num verão que o pessoal chamava de "Verão da Abertura" e eu ia ao Posto 9, com o pessoal da minha escola que era uma escola de padres da Igreja da Libertação e descobri que o Brasil era mesmo um negócio diferente, o Gabeira de tanga de crochê, o Macalé empinando pipa, as meninas topless, o Asdrúbal no Teatro Ipanema e o Glauber Rocha, na televisão, desesperado, transcendendo a fome, mas já entendendo que iríamos parar em lugar nenhum, nervoso, o cinema brasileiro se recusando a ser arte para ser cultura da pornochanchada, a burrice triunfando sempre. O Glauber, lá, contrariado, morrendo. E o povo, lá, fedendo, sem sequer imaginar a existência de um cineasta que levaria o povo brasileiro a uma revolução a partir da fome, a uma eztétyka revolucionária, que faria do Brasil a nação de todos os sons, de todas as linguagens, nação de todos os povos, farol da Terceira Via, trompas, guitarras e tambores na terceira margem do rio. Terceiro caminho.

Nada disso! Dinheiro é a coisa mais importante que existe!

Dinheiro é crescimento e o Brasil vai crescendo sem parar, naquela angústia, em desenvolvimento acelerado, acertando todas as dívidas com o mercado internacional de dinheiro, promovendo a maior exportação de commodities agropecuárias de todos os tempos, cogitando uma cadeira no Conselho de Segurança da ONU, transformando brasileiros pobres em mercado consumidor, croc-chips-bits-burgers, cartão de crédito, picanha e iPhone, transformando a Classe Baixa em Classe Baixa Alta, cheia de crédito para comprar croc-chips-bits-burgers, naquela angústia, e a baía da Guanabara é um troço nojento, aquela beleza toda nas Olimpíadas do Rio de Janeiro.

E chegamos ao fim da História, ao fim da cultura que não aconteceu, ao fim da civilização brasileira do futuro. O mainstream da mediocridade, as classes baixas altas com dinheiro no bolso, achando que tudo tanto faz desde que os croc-chips--bits-burgers se multipliquem, a economia internacional cresça e o poder do dinheiro subjugue violentamente toda a poesia, a arte, a eternidade, o amor, essas parada, e que o espírito seja consumido numa liquidação de almas. Estamos vivendo no apocalipse provocado por uma democracia materialista. E para quê?! Para colocar o Brasil maior do que todos os outros povos? Para que a felicidade contagiante do povo brasileiro seja uma luz para o mundo inteiro? Para que o Brasil ajude o mundo a reencontrar sua verdadeira natureza? Não! O Brasil não será nada disso! O amálgama do Jorge Mautner se desfaz! A violência se tornou apenas violência e o Glauber Rocha tinha toda razão por estar desesperado, com muita raiva, constatando que a eztétyka revolucionária dos trópicos não predominaria. Não vai rolar o Brasil do Darcy Ribeiro. Não mesmo! Está rolando o Brasil da Classe Alta Baixa, triunfo da ignorância orgulhosa! Estão com medo! O abismo que se aproxima! Terra em Transe! Oh! Não! Logo agora que o Brasil começava a ser respeitado em todo o mundo pelo nosso soft power, logo agora que todos os brasileiros podem finalmente comer croc-chips-bits-burgers de toda espécie, tomar iogurte de baixar o acúmulo das senhoras humildes, vamos cair no precipício, para um tempo onde não há futuro. Não há futuro!

Terra em Transe!

A estupidez veste a pose do desenvolvimento econômico, do crescimento global, do progresso e da esperança! A estupidez está alojada na senhora sua vizinha, que odeia a esquerda e bate panela quando o partido de esquerda que não é de esquerda fala na televisão. Revolucionários conservadores! A estupidez está na crença do desenvolvimento econômico nesta época de caos materialista sem Deus nem tupinambás. O juízo deformado pela esperança no crescimento. Crescer para onde? Em que direção? Esta época sem esquerdas e sem capital!

O povo da improvisação criativa, do amálgama do Jorge Mautner, dos austríacos, dos ingleses, dos sons que são todos os sons, do Naná, vai optando pela burrice, pela reprodução em série de pensamentos burros, o brasileiro cada vez mais igual a tudo, globalizado, impotente, paralisado por certezas estúpidas! Impotência criativa tomando conta de toda uma nação, todo um povo que vai perdendo aos poucos a paixão revolucionária do Glauber Rocha, a terceira margem do rio São Francisco do Guimarães Rosa, substituindo as luzes mysteryosas dos trópycos do Glauber Rocha pela tabela Kodak. A escassa sensibilidade poética do novo povo da nova Classe Baixa Alta, da velha Classe Alta Baixa. A falta de sensibilidade poética se revelando na felicidade do capital multiplicado! O Cristo multiplicando dinheiro nas igrejas nacionais! A felicidade da estupidez no poder! A eztétyka do igual, do mesmo, do inócuo, ocupando as cátedras. A resistência contra o desconhecido é a resistência contra a originalidade, já que só pode ser original aquilo que é desconhecido. A estupidez como característica antropológica fundamental do novo brasileiro. Tão novo e já tão morto! Da barbárie à decadência sem passar pela civilização!

A estupidez se tornou a base da política e da confusão de nossas vidas! Sim! Para serem considerados inteligentes, os estúpidos fingem ser ainda mais estúpidos do que são na verdade. É uma questão de sobrevivência social, profissional e principalmente cultural. É assim nas relações entre o poder e as massas sem consciência! A estupidez é um escudo de proteção e todo poderoso precisa de uma manada de imbecis para repercutir sua estúpida liderança. O indivíduo único, singular, que pensa por si próprio, é obrigado a fingir-se de morto e falar apenas aquilo que é a média do pensamento de toda uma massa de gente estúpida. Todos se enquadrando para obter a proteção do Capital. O inconsciente coletivo desta época nivelando as relações, provocando o excesso de autoestima nos medíocres. O pensamento monocórdio das massas. Educação pela pena de morte! Cultura da violência!

Estupidez civil e institucional que vai se alastrando, se alastrando, corroendo, apodrecendo. Uma sociedade apodrecida pela não superação da fome/violência, sociedade que faz justiça estuprando estupradores.

Acreditou-se que o Brasil seria a maior de todas as nações e provavelmente é isso que vai nos arruinar em breve.

A maior de todas as nações do futuro, do encontro entre Cunhambebe e o Fausto de Goethe, se torna um deserto da consciência, uma pátria precocemente envelhecida, escravizada pelo dinheiro e seu séquito indestrutível de idiotas.

A história do meu pai

O Sérgio Sant'Anna é meio maluco e é meu pai. Eu nem sabia ainda o que era literatura, o que era um escritor, o que tinha dentro daquele livro bege e branco que tinha um monte lá em casa, que era *O sobrevivente*, que, na verdade, eu nunca parei pra ver direito, pra ler direito. Mas, quando *Notas de Manfredo Rangel, repórter (a respeito de Kramer)* saiu, eu tinha uns oito anos de idade e já sabia ler e fui convocado para ilustrar um conto do livro — "O pelotão" —, que eu li mas acho que não entendi direito, não entendi o final, mesmo já entendendo bem o que é um fuzilamento, que eu já tinha visto na televisão, em filmes de guerra, ou em algum bangue-bangue, e televisão era algo bem mais divertido que os agrupamentos de palavras de um livro. Na minha opinião, faltou um pouco mais de violência em "O pelotão", mas eu acabei desenhando um pelotão que era mais parecido com os pelotões da televisão e fiquei todo animado ao ver o meu desenho no jornal, mesmo no *Suplemento Literário*, que era um jornal que, na minha escola, ninguém conhecia.

E *Notas de Manfredo Rangel, repórter (a respeito de Kramer)*, eu diria que foi o primeiro livro adulto que li na minha vida e fiquei muito impressionado com o conto "Pela janela", que eu entendi e percebi que tinha entendido e que, na literatura, havia coisas para serem entendidas e que o meu pai queria dizer algumas coisas. E "No último minuto", que era sobre futebol, o goleiro vendo o replay do frango que tinha levado no último minuto da decisão do campeonato e eu já gostava muito de futebol, eu só pensava nisso, e fiquei todo animado. E tinha também os contos doidões, o da visita ao museu, "Composição I" e "Composição II", meio estranhos, que, embora eu não tivesse idade para compreender intelectualmente, deu pra sacar direitinho as parada, perceber que havia coisas diferentes por aí, coisas inexplicáveis que meu pai tentava explicar e tal. Essa procura toda. Essa angústia.

Quando saiu *Confissões de Ralfo*, eu já era o George Harrison e o livro era todo psicodélico, e eu ficava ouvindo o *Dark Side of the Moon* o tempo todo, e o *Clube da Esquina*, e a cidade do livro era Gotham City e, além de ser George Harrison, eu era também o Batman, e, nessa época também, setenta e poucos, eu comecei a ouvir as histórias da ditadura militar, as torturas e tal, e, no *Ralfo*, tinha o trecho do "Interrogatório", que dava medo, sei lá, podiam prender o meu pai pelo conto, sei lá, mas eram engraçadas as perguntas dos torturadores, os temas das perguntas e eu pensava nos meus professores da escola me torturando, a minha professora de português, que eu amava, me torturando. Uma coisa que é meio perdida por aí é a gravação de um poema, que tem no *Confissões de Ralfo* — "Eu sou uma preta velha, aqui sentada ao sol" —, com a Nana Caymmi falando o poema e o Milton Nascimento cantando horrores, improvisando, creio, é demais mesmo. E o livro todo, a história toda do Ralfo, quase uma *Alice no País das Maravilhas*, uma "Alice em Gotham City", maluco.

É mesmo uma tolice aquele papo de neguinho, de que só há dois tipos de literatura — a boa literatura e a má literatura. Boa arte e má arte? Eu já era adolescente, ou quase, quando saiu o *Simulacros* e eu já lia alguma boa literatura e muita má literatura divertida e, no meio, *Confissões de Ralfo*, que era diferente de tudo, e, então, veio o *Simulacros*, que era diferente de tudo e diferente do *Ralfo*. Aí tem aquela história do

Godard, de que "cultura é regra, arte é exceção", e eu nem sabia do Godard ainda e percebi isso — as diferenças entre os quatro livros do meu pai, naquela época. Eu imaginava a Vedetinha, os grãozinhos de arroz nos pelos pubianos da Vedetinha, no *Simulacros*, e o dr. PhD me deu vontade de conhecer, de entender Freud, e o Jung, essas parada da representação que fazemos de nós mesmos, da persona com a qual nos vestimos, essas parada.

Eu não conseguia enquadrar a literatura do meu pai junto com as outras literaturas que eu estava começando a ler. Só algum tempo depois, eu comecei a conhecer outras literaturas que não se encaixam em lugar nenhum. Literatura de Exceção?

Quando eu fui morar com o meu pai no Rio de Janeiro, em 1979, ele tinha abandonado a literatura, nunca mais iria escrever um livro, que escrever livros era mesmo uma coisa péssima, de doer, e escreveu *Um romance de geração*, que era meio que ele mesmo tomando Old Eight, meio que na crise dos quarenta, peça de teatro? E escreveu *Junk-box: Uma tragicomédia nos tristes trópicos*, poesia?, que depois, com o Tao e Qual, a gente fez um troço muito louco experimental transgressor de vanguarda conceitual, ópera? E passado mais um pouco de tempo saiu *A tragédia brasileira*, romance?, teatro? A Bia Lessa montou *A tragédia brasileira*. E *Amazona*, que é um livro pop, que, me lembrando agora, me traz memórias emocionantes, do Rio de Janeiro no "Verão da Abertura", quando o nu frontal foi liberado nas revistas de mulher pelada.

A senhorita Simpson saiu quando eu já estava quase deixando de morar com o meu pai, quando eu fui morar na Alemanha, e, nesta altura, já não sei se vou conseguir continuar enumerando os livros pela ordem, nas datas certas. Mas, quando eu estava na Alemanha, numa época sem internet, computador, livro em português muito raramente, me chega uma cópia xerox dos originais datilografados do conto "Breve história do espírito", que é um dos contos do meu pai que mais gosto, porque é engraçado e cheio de angústia, de espírito pueril e profundidade filosófica. E, no mesmo livro, saiu também um conto que era uma aula de um professor como meu pai era, na Comunicação da UFRJ, na praia Vermelha, e eu me lembro dele preparando as aulas, o nome do conto, lembrei, era "A aula", e ainda um terceiro conto. Meu pai publicou uma sequência de livros assim, com três contos/novelas em cada volume, que mais uma vez eram contos diferentes dos anteriores, diferentes de tudo.

E teve mais uma vez que o meu pai parou de escrever definitivamente, porque escrever é uma dor enorme e escreveu *O voo da madrugada*, cheio de bad trips e de uns contos malucos, diferentes dos contos daqueles livros com três contos/novelas, uma série: "Um conto nefando?", "Um conto abstrato" etc. tudo novo, de novo. Lembro do meu pai me dizendo que *O voo da madrugada* era seu último livro e depois escreveu até agora mais uns quatro, com um monte de contos que são diferentes de tudo, teve *O livro de Praga*, que são contos que formam um romance? E *Páginas sem glória*, que, por muito tempo, meu pai me disse que tinha uns esboços na gaveta e eu tinha certeza de que *Páginas sem glória* seria sensacional.

E, ai meu Deus do Céu, eu esqueci de *O concerto de João Gilberto no Rio de Janeiro*, do conto do técnico do São Cristóvão com pensamentos profundos acerca do futebol, da vida. No conto, o São Cristóvão faz o gol de honra numa goleada sofrida contra o Flamengo, um gol que era uma jogada que o Rivelino fazia com o Gil, um lançamento de longa distância, para o Gil, que aparecia de surpresa na cara do gol. E o conto que dá nome ao livro, "O concerto de João Gilberto no Rio de Janeiro", que é meio autobiográfico, meio delírio, cheio de pensamento, fala daquela época em que eu estava chegando no Rio de Janeiro e eu estava começando a entrar no barato, no Circo Voador e eu apareço lá, com um boné que eu tinha na cabeça, voltando do ensaio do Antunes Filho dirigindo o *Macunaíma*, puxa vida, meu pai lá, procurando something, que nem o João Gilberto sempre fez.

Meu pai parou de escrever definitivamente, mas está escrevendo.

Que mais?

Parte 3
O discurso

O fim do teatro

Três Imbecis, lado a lado, sentados na beira do palco, olhando para o vazio por sobre a plateia, emitem ruídos imbecis com a voz.

Loc (*off*)
Interrompemos nossa programação para o pronunciamento, em rede nacional, do excelentíssimo senhor Ministro de Porra Nenhuma; Meio Ambiente; Mulher; Fundação Palmares; Direitos Humanos; Educação; Relações Exteriores; Saúde; Ministro Interino de Porra Nenhuma e Economia; Secretário de Cultura; Cinemateca Brasileira e Porra Nenhuma, Herr Dóktor Proféssor Zeitgeist de Almeida.

Zeitgeist entra em cena ao lado da Tradutora de Libras, que vai traduzir toda a fala, usando uma linguagem de sinais dadaístas, sempre sorrindo docemente.

TEC
Hino Nacional Brasileiro instrumental em BG.

Zeitgeist
Acabou. O teatro acabou. Acabou e pronto — democraticamente, legalmente, pela vontade do povo, que sabe do que precisa, que sabe o que quer. E, sim, eu estava lá, na hora da verdade, por inteiro na luta. Sim. Eu sou brasileiro e o brasileiro não desiste <u>nunca</u>! Cansei de andar pelos cantos, tímido, envergonhado, deixando que uma minoria, esses pessoalzinho

que pensa, pensasse por mim. Sim. Perdi a vergonha, venci o medo de não pensar e assumi minha posição entre os ignaros. Um pobre de espírito demarcando seu etéreo terreno no Reino dos Céus. E fui vencedor, com nenhum pensamento na cabeça, Zen Is When, constitucionalmente, Tao e Qual. Porque o pensamento só traz desgraça aos que pensam, só torna a vida das pessoas mais complicada, naquela angústia, o indivíduo pensando, pensando, cheio de ideia na cabeça, pensando merda, tipo um mundo melhor para nossos filhos e netos, tipo Concretismo Abstrato, tipo Modernismo Antropofágico, índio, Macunaíma, essas porra, tipo performances muito loucas experimentais transgressoras de vanguarda, tipo uma sociedade mais justa... Sociedade mais justa é o cu da sua mãe. Nossos filhos e netos é o cu da sua mãe. E antropofagia? Índio? Porra... O Índio é a antítese do crescimento econômico.

Imbecis fazem aquele som de caricatura dos índios americanos, batendo com a mão na boca e, depois, voltam às expressões sem expressão e volume de voz anteriores.

Zeitgeist

No primeiro momento, tive receio de começar a falar, aquele medo de parecer imbecil. Mas, quando soltei a voz sem pensar, expus minhas ideias, numa linguagem pura, direta, sem qualquer tipo de obstáculo formal ou intelectual, logo me dei conta de que a grande maioria dos cidadãos pensava como eu... Quer dizer, não pensava. Sim. Eu comecei a falar sem pensar e eles se identificaram, foram chegando, se aproximando, começaram a me seguir, a compartilhar minhas ideias, eles, os imbecis. Eles eram muitos, eles eram uma maioria realmente esmagadora, os imbecis. Juntos, unidos fraternalmente, compartilhando as delícias do pensamento único, uniforme, ortodoxo, nos tornamos fortes, imbatíveis... Vencedores! Claro, a minoria "inteligente", entre aspas, até tentou nos atacar, nos ridicularizar, como sempre, e começou a nos chamar de imbecis, mas… Sim! Somos imbecis!

Os três Imbecis abrem sorrisos imbecis e aumentam o volume de seus sons imbecis. Depois, voltam às expressões sem expressão e volume de voz anteriores.

Uma Âncora de Telejornal entra em cena e senta-se atrás de uma bancada, diante de um notebook.

Âncora

E já estamos recebendo aqui mensagens de milhares de imbecis, dos mais diferentes pontos deste nosso Brasil eternamente adormecido. Como o nosso Estúpido dos Anjos, que nos enviou o seguinte tuíte: "Me desculpe o doutor Zeitgeist, mas não posso deixar de lembrar que, humildemente, eu é que sou o verdadeiro especialista em estupidez e imbecilidade há quase cinco décadas, sempre desenvolvendo minha ignorância em todos os espaços abertos ao público pelas mídias, das mais tradicionais às mais contemporâneas"… Uma gracinha o nosso Estúpido dos Anjos. Valeu, Estúpido. É de pessoas como você, cidadãos idiotas, que o nosso grande Brasil retardado precisa. Gente que não abre mão de manifestar sua imbecilidade, seja nas seções de cartas dos jornais, seja nas nossas oligofrênicas redes sociais. E olha aqui, gente… não podemos deixar de lembrar que, hoje em dia, as mulheres também conquistaram seu espaço no mercado da estupidez institucional, como é o caso da Burrinha do Flamengo, que quer saber do nosso Herr Dóktor Proféssor Zeitgeist de Almeida se, para conquistar o status de imbecil, é preciso desenvolver a técnica da ignorância. Ah! Essa Burrinha… Parabéns pela pergunta idiota, Burrinha… E então, Dóktor Proféssor? O senhor, além de ser um gênio, um imbecil qualificado, também estudou a não arte da ignorância?

Zeitgeist
Olha só, minha estúpida Âncora… Sim! Eu sou um imbecil! Eu sou um imbecil! Um imbecil! Eu sou um grande imbecil! E tenho um grande orgulho de ser imbecil! Sim! Mas não vá achando que eu sou ignorante. Eu sou imbecil, mas não sou ignorante. Ignorante é o cu da sua mãe. Eu sei tudo sobre teatro, embora esteja lutando fortemente para esquecer essa época traumatizante de minha vida. Conheço tudo de teatro, vi tudo de teatro: a Revolução dos Idiotas, do Nelson Rodrigues, os idiotas lá, tomando conta de tudo. O Nelson Rodrigues, que não era nada imbecil, tadinho, sabia que é "preciso ser idiota para se ter emprego, salário, influência, amantes, carros, joias". Ele sabia, há muito tempo, que "o dinheiro, a fé, a ciência, as artes, a tecnologia, a moral, tudo, tudo está nas mãos dos patetas". E, a nível de idiota, papel para o qual jamais imaginei possuir qualquer talento, perdi bons trechos da minha vida estudando… Sabe o quê? Teatro!!!

Imbecis fazem trejeitos jocosos de bicha.

Imbecis
Ui ui ui…

Depois, voltam às expressões sem expressão e volume de voz anteriores.

Zeitgeist
Estudei tudo, tudo, tudo… Aquela putaria do Zé Celso, que podia até ser interessante se as atrizes não fossem umas riponteras fedorentas. Ah! O teatro…

Imbecis fazem trejeitos jocosos de bicha.

Imbecis
Ui ui ui…

Depois, voltam às expressões sem expressão e volume de voz anteriores, fazendo uma pequena paródia do "estilo Zé Celso", ficando nus, comendo carne crua. (*Bacantes*)

Zeitgeist
O Macunaíma do Antunes...

Ouve-se o "Danúbio azul". Um dos atores se transforma no Macunaíma (uma paródia do Cacá).

Macunaíma
No alto da montanha dos Tapaiúna nasceu Macunaíma... Muita saúva, pouca saúde.../ Ai que preguiça!

Macunaíma dança o "Danúbio azul".

Zeitgeist
Teatro do Oprimido...

Imbecil Acadêmico 1
Aristóteles propõe uma poética em que os espectadores delegam poderes ao personagem para que este atue e pense em seu lugar; Brecht propõe uma poética em que o espectador delega poderes ao personagem para que este atue em seu lugar, mas se reserva o direito de pensar por si mesmo, muitas vezes em oposição ao personagem... O que a poética do oprimido propõe é a própria ação!
(BOAL, 1988, p. 138)

Imbecil Acadêmico 2
Cada linguagem é absolutamente insubstituível. Todas as linguagens se complementam no mais perfeito e amplo conhecimento do real. Isto é, a realidade é mais perfeita e amplamente

conhecida através da soma de todas as linguagens capazes de expressá-la.

(BOAL, 1988, p. 137, grifos do autor)

Imbecil Acadêmico 1

A estética do oprimido, ao propor uma nova forma de se fazer e de se entender a Arte, não pretende anular as anteriores que ainda possam ter valor; não pretende a Multiplicação de Cópias nem a Reprodução da Obra, e muito menos a vulgarização do produto artístico. Não queremos oferecer ao povo o acesso à Cultura — como se costuma dizer, como se o povo não tivesse sua própria cultura ou não fosse capaz de construí-la.

(BOAL, apud DUARTE, 2009, p. 6)

Imbecil Acadêmico 2

Se o poder precisa ser naturalizado com eficiência, o melhor caminho é enraizá-lo na imediatez sensorial da vida empírica, começando pelo indivíduo da sociedade civil, com seus afetos e apetites, e puxando daí avaliações que o ligarão ao todo maior.

(EAGLETON, 1993, p. 30)

Zeitgeist

Asdrúbal — a Regina Casé de sovaco cabeludo, o Chacal:

Regina Casé

Quando o sol está muito forte, como é bom ser uma camaleoa e ficar em cima de uma pedra espiando o mundo. Se sinto fome, pego um inseto qualquer com a minha língua comprida. Se o inimigo espreita, me finjo de pedra verde, cinza ou marrom. E, quando de tardinha o sol esfria, dou um rolê por aí.

Zeitgeist

TBC, CPC, CPT, EAD... Essas porra. Isso só pra falar nas porra nacionais. Porque tem também as porra internacionais, tipo Bob Wilson, chato pá caralho, aqueles agrupamentos de pessoalzinho, meia hora pra ir de uma ponta à outra do palco...

Forma-se um grupinho de imbecis, que atravessa o palco de uma ponta à outra, lentamente, no estilo Bob Wilson.

Zeitgeist

Essas porra tipo Tadeusz Kantor...

Tadeusz Kantor se destaca entre o grupinho do Bob Wilson e se senta numa poltrona de teatro, de frente para a plateia e/ou câmera.

Tadeusz Kantor

Vejo-me diante de um edifício de inutilidade pública, preso à realidade viva como um balão inflado. Antes de eu chegar, ele é vazio e mudo. Depois da minha chegada, ele simula com dificuldade sua utilidade. Daí por que eu me sinto sempre pouco à vontade numa poltrona de teatro.

Zeitgeist

Tipo Beckett, Esperando Godot, essas porra...

Estragon

Didi.

Vladimir

O quê?

Estragon
Não posso continuar assim.

Vladimir
Diz isso facilmente.

Estragon
E se nos separássemos? Quiçá nos fosse melhor.

Vladimir
Amanhã nos enforcaremos. (*pausa*) A não ser que venha Godot.

Estragon
E se vier?

Vladimir
Estaremos salvos. (*Pega seu chapéu, olha no interior, passa a mão, sacode-o e volta a colocá-lo na cabeça.*)

Estragon
Então, vamos?

Vladimir
Sobe as calças.

Estragon
O quê?

Vladimir
Sobe as calças.

Estragon
Que tire as calças?

Vladimir
Que as suba.

Estragon
É verdade. (*Sobe as calças. Silêncio.*)

Vladimir
Então vamos?

Estragon
Vamos.

Estragon e Vladimir não se movem. Godot entra em cena.

Godot
Aqui estou eu, vosso Godot... E aí? Qual que vai ser?

Zeitgeist
Conheço tudo dessas porra, tipo teatro grego, tipo <u>A origem da tragédia no espírito da música</u> do Nietzsche, essas porra de dionisíaco-apolíneo...

Nietzsche
Essa tradição [antiga] nos diz com inteira nitidez que a tragédia surgiu do coro trágico e que originalmente ela era só coro e nada mais que coro...

Coro Trágico Imbecil
Vossa existência, frágeis mortais,
é aos meus olhos menos que nada.
Felicidade só conheceis
imaginada; vossa ilusão
logo é seguida pela desdita.

Com seu destino por paradigma,
desventurado,
julgo impossível que nesta vida
qualquer dos homens seja feliz [...]

Zeitgeist
Essas porra tipo Shakespeare.

Imbecis falam de um jeito imbecil.

Imbecil 1
"Ser ou..."

Imbecil 2
"A vida é um espetáculo cheio de som e fúria, dirigido por um
idiota...

Zeitgeist (*cochichando*)
Chamou Deus de idiota, percebe?

Imbecil 2
... e que nada significa."

Imbecil 3
"Existem muitas coisas entre o Céu e a Terra..."

Imbecis voltam às expressões sem expressão e volume de voz anteriores.

Zeitgeist
Essas porra... E a porra do Tchékhov. Esse pessoalzinho do teatro, antes do povo acabar com o teatro, democraticamente...
Esse pessoalzinho todo montando Tchékhov, releituras contemporâneas de <u>As três irmãs</u>, <u>Gaivota</u> essas porra... Cada

encenação mais genial que a outra. Neguinho enfiava um extintor de incêndio no rabo e dizia que era Tchékhov... Tchékhov é o cu da sua mãe.

Uma encenação rápida e meio ridícula de Tchékhov.

Treplev
Personagens vivos! A vida não tem de ser reproduzida como é, nem como deveria ser. É a vida que vemos em sonho que nós temos de reproduzir.

Nina
A sua peça tem tão pouca ação... São frases, escritas só para serem lidas. E acho que uma peça tem de incluir sempre o amor...

Um dos Imbecis pega um tamborim e batuca nele suavemente. Os Imbecis sussurram um sambinha.

Imbecis
Cheiquispéri choraria, ô
Cheiquispéri choraria
Cheiquispéri choraria, ô
Com a atual dramaturgia...

Depois, voltam às expressões sem expressão e volume de voz anteriores.

Zeitgeist
Sim. Eu li uma grande quantidade de livros antes de queimarmos todos. Sim. Eu tentava pensar. Tentava dar sentido àqueles agrupamentos de palavras que, hoje, sabemos, não tinham sentido algum. Pura abstração, devaneio, metafísica, essas

porra. Metafísico é o cu da sua mãe. Sim, eu lia, eu estudava... Estudava sabe o quê? Hein? Eu estudava <u>teatro</u>!

Imbecis fazem trejeitos jocosos de bicha.

Imbecis
Ui ui ui...

Depois, voltam às expressões sem expressão e volume de voz anteriores.

Zeitgeist
Estudei o didatismo socialista de Brecht.

Corisco, com um fuzil, atirando para todos os lados, fala o texto do filme <u>Deus e o diabo na terra do sol</u>.

Corisco
O espírito está aqui no meu corpo, que agora juntou dois... Cangaceiro de duas cabeça, uma por fora e outra por dentro, uma matando e outra pensando! Agora é que eu quero ver se esse homem de duas cabeça pode consertar esse sertão. E o gigante da maldade comendo o povo pra engordar o Governo da República! Mas São Jorge me emprestou a lança dele pra matar o gigante da maldade. Tá aqui! Tá aqui! Tá aqui o meu fuzil pra num deixar pobre morrer de fome!

Zeitgeist
Primário, a porra do Brecht. Mais um querendo conscientizar o proletariado. Trouxa. O proletariado é uma cambada de imbecil. Os proletários eram os mais animados quando queimamos os livros, quando queimamos o pensamento, quando votamos NÃO ao teatro, no plebiscito. Proletário é o cu da sua mãe... Como contraponto ao socialismo didático do Brecht,

fiz o curso daquele grande diretor — como pensava o grande diretor! — especialista na porra do tal método Stanislávski, Grotowski, essas porra. Ficava eu, as bichinha e as gostosinha, lá, sentindo o personagem por dentro.

Bichinhas e Gostosinha sentem o personagem por dentro. Gostosinha chora dramaticamente, uiva, se rasga. Bichinha 1 morre de rir. Bichinha 2 fica estático no centro do palco, olhando para o vazio, fazendo cara de quem faz muita força para sentir o personagem por dentro.

Imbecis fazem um gestual de quem está sentindo o personagem por dentro, enquanto emitem grunhidos profundos. Depois, voltam às expressões sem expressão e volume de voz anteriores.

Zeitgeist
Ah! Como eu amei as gostosinha do curso da porra do Stanislávski! Mas acabava a aula e eu ficava lá, pensando, pensando, pensando, naquela angústia. Pensando sabe o quê? Hein? [...] Teatro!

Imbecis fazem trejeitos jocosos de bicha.

Imbecis
Ui ui ui...

Depois, voltam às expressões sem expressão e volume de voz anteriores.

Zeitgeist
Sim. E enquanto eu ficava lá pensando, todo angustiado, querendo pegar as gostosinha que sentiam o personagem por dentro, querendo aprofundar o personagem em mim, pensando, pensando, pensando metafisicamente, sabe o que as porra das

gostosinha faziam, hein? Iam pros boteco tomar uns negócio com as bichinha do método Stanislávski e ficavam lá, sem pensar porra nenhuma, se achando, achando que estavam sentindo o personagem por dentro, achando que estavam pensando altas parada. E eu lá, todo angustiado, fazendo tudo quanto é curso, tudo quanto é workshop, essas porra, lendo uns monte de livro, enquanto as gostosinha iam fazer teste pra entrar na televisão e fazer novela usando o método de interpretação naturalista do Stanislávski e virar formadora de opinião, influencer, essas porra, e ficar dando entrevista, dizendo que precisamos salvar o planeta. Salvar o planeta é o cu da sua mãe.

Gostosinha

Gente, nós precisamos compreender que está em nossas mão o futuro de nossas crianças, do nosso planeta Terra como um todo, este planeta azul rodando ao redor do Sol, que está sendo ameaçado pela ganância dos seres humanos, que em sua ambição desmedida pelo enriquecimento material, já que se preocupam mais em "ter" do que em "ser", estão destruindo aquilo que é o pulsar da vida: a nossa Mãe Natureza. Se continuarmos assim, com o aquecimento global, a Natureza vai se voltar contra nós próprios. Lembre-se: o futuro do planeta Terra está em suas mão. Faça a sua parte! Use a camisinha! Diga não às drogas! Não saia de casa sem o seu cartão! Cuidado com o mosquito da dengue! Garanta já o crescimento econômico do nosso país! Faça a sua parte!

Zeitgeist

Pois é... Gostosinha é o cu da sua mãe! Viu como é que é essas porra do método Stanislávski? As gostosinha tudo lá no curso, sentindo o personagem... Mas eu não. Eu só pensava em ficar pensando, roendo a minha sensibilidade poética. Ah! Como eu era triste.

Imbecis choram um choro baixinho, um choro imbecil de uma emo-
ção sincera e imbecil. Depois, voltam às expressões sem expressão e
volume de voz anteriores.

Zeitgeist

Eu lá, pensando altos lances, pensando em dizer com a minha
arte coisas que dissessem tudo, naquela angústia, dando aula
de português no cursinho, fazendo aquelas traduções daqueles livros que eu, a nível de indivíduo que pensava, considerava
lixo, livro tipo assim: Pense e fique rico.

Empresário de Sucesso (*livro nas mãos*)

Pense e fique rico sintetiza as leis do sucesso empresarial, numa
obra que inspirou milhões de leitores. As ideias contidas neste
livro, para além de divulgarem efetivas receitas para ganhar dinheiro, ensinam a obter a satisfação espiritual que advém de
se atingir os objetivos.

Gostosinha

Sim! Você vai superar todos os obstáculos e atingir seus objetivos, através do trabalho incansável de um pessoal altamente
especializado, conectado ao que há de mais moderno a nível
de tecnologia de ponta, que não poupa esforços para atender
às necessidades de nossos clientes e fazer com que você e sua
família se divirtam a valer! Vamos salvar nosso planeta! Faça a
sua parte! Siga os protocolos de higiene e segurança!

Zeitgeist

E eu... Pensando... Sabe pra quê?!?!??? Hein?!?!?!????
Sabe?!?!?!??????? Pra sustentar meus pensamentos profundos!
Pra sustentar a obra que eu nunca realizaria! Pra financiar a minha tristeza! Sim... Mas não! Eu pensava, pensava e não ficava
rico. Eu pensava, pensava e meus pensamentos profundos não

se sustentavam! Não... Mas sim. Sim! Exausto de tentar entrar em si, para arrancar o personagem lá de dentro, desisti de mim e iluminei-me... Pensamento profundo é o cu da sua mãe.

Os três Imbecis abrem sorrisos imbecis e aumentam o volume de seus sons imbecis. Depois, voltam às expressões sem expressão e volume de voz anteriores.

Zeitgeist
Saí correndo pelas ruas, sem pensar, bradando: Tchékhov é o cu da sua mãe! Shakespeare é o cu da sua mãe! Stanislávski é o cu da sua mãe! E, na avenida Paulista, o povo sentiu profundamente o personagem dentro de mim. Saí do chão, querendo subir aos céus, mas o povo me subiu na carroceria do carro de som, onde os mais sortidos tipos de oradores berravam coisas imbecis no microfone, para o delírio do povo imbecil:

É colocado um microfone (ou megafone) na boca de Zeitgeist, que fecha a sessão de discursos para o delírio da plateia.

Zeitgeist
O crescimento econômico! Crescer o bolo para depois repartir! Mais geração de empregos para as massas trabalhadoras! Abaixo o safado do direitos humanos! Chega de mulher pelada na televisão! Mais velocidade nas estradas! Essas porra! O que interessa é acabar com a tristeza e ser feliz para sempre... Eu só quero é ser feliz! Eu vou ser muito feliz! Eu exijo a felicidade! Aqui! Agora! Um microfone/megafone na boca e nenhuma ideia na cabeça! Ideia é o cu da sua mãe! Dinheiro é a coisa mais importante que existe! Teatro é o cu da sua mãe!

Imbecis batem palmas imbecis e falam "Bravo" de modo monocórdio e imbecil. Depois, voltam às expressões sem expressão anteriores.

Zeitgeist vai vestindo terno e gravata elegantes, fazendo um penteado caretinha nos cabelos, colocando no pulso um relógio exageradamente grande e dourado.

Zeitgeist

Os imbecis entenderam a parte do dinheiro, não entenderam o que o teatro tinha a ver com o cu, mas adoraram e, quando desci do carro de som, cheguei ao chão já como um imbecil respeitado, amado até. Comprei gravatas e me tornei uma pessoa muito mais bonita, mais digna, com ampla cobertura e visibilidade. Um cidadão respeitável com um pedaço de pano amarrado no pescoço. As gravatas são bonitas. As gravatas nos deixam mais bonitos. De gravata, participei dos mais divertidos programas divertidos da televisão. Dei entrevistas imbecis animadíssimas. Não era simulação. Eu de fato me tornei um imbecil, o maior de todos os imbecis, mas fingi que eu era ainda mais imbecil do que era na verdade. E, quanto mais imbecil, mais considerado eu era. Parei de pensar e fiquei rico. Parei de pensar e comi as gostosinha todas. Parei de pensar e fui amado. Mas ainda faltava acabar com os fantasmas que habitavam minha alma, desde a época em que eu era um estudioso, um tristonho pensador, um homem de... Teatro!

Imbecis fazem trejeitos jocosos de bicha.

Imbecis
Ui ui ui...

Imbecil 3
"Existem muitas coisas entre o Céu e a Terra."

Depois, voltam às expressões sem expressão e volume de voz anteriores.

Zeitgeist
De tão imbecil que eu me tornei, passaram a me chamar, em toda parte, de... O homem mais inteligente do Brasil!

Forma-se no palco o cenário de um talk show, onde a Gostosinha vai ser entrevistada pelo Apresentador Divertidíssimo.

Apresentador Divertidíssimo
E agora chegou a hora mais divertidíssima do nosso Talk Show Divertidíssimo da Televisão! É o nosso Bate-Bola Divertidíssimo! Hoje com a nossa divertidíssima formadora de opinião, influencer, estrela da televisão e do YouTube: A nossa gostosíssima, quer dizer, divertidíssima, Gostosinha do Método Stanislávski, Grotowski, Essas Porra!!!!!

Aplausos elegantes. Gostosinha entra em cena sorrindo, elegante. Ela dá dois beijinhos no Apresentador Divertidíssimo, que a leva até a poltrona onde vai sentar. Apresentador Divertidíssimo também ocupa seu posto, toma um gole de algo em sua caneca divertidíssima e olha sorrindo para a Gostosinha.

Apresentador Divertidíssimo
Está preparada, Gostosinha?

Gostosinha
Claro, Apresentador Divertidíssimo! Preparadíssima!

Apresentador Divertidíssimo
Então, lá vai, hein... Aqui é assim: Pá-pum! De bate-pronto! Kkkkkkkkkkkkkkkkkk... Vai ser divertidíssimo! E então, Gostosíssima? Olha lá, hein... Qual a sua cor favorita?

Gostosinha
Minha cor favorita? Minha cor favorita… Branco… O Branco da Paz…

Apresentador Divertidíssimo (*de primeira*)
Um exemplo de vida.

Gostosinha
Nelson Mandela, que superou todos os seus obstáculos, atingindo assim os seus mais nobres objetivos.

Apresentador Divertidíssimo
Vejam sóóóóó, que beleza! Além de gostosíssima, a nossa divertidinha é mesmo uma mulher arrojada, uma atriz de sucesso, protagonista das grandes causas de seu tempo. Mas vamos em frente com o nosso Bate-Bola Divertidíssimo! Puxa, que divertidíssimo! Divertidíssimo! Mas, então, Gostosinha… Quem você levaria para uma ilha deserta?

Gostosinha
Sabe, Apresentador Divertidíssimo, não tenho uma pessoa específica… Acho que ainda não encontrei a pessoa certa… Nem sei se isso existe… Assim… Um príncipe encantado ou algo parecido… Mas eu levaria alguém que me respeitasse como mulher, que soubesse compreender meus desejos e expectativas…

Apresentador Divertidíssimo
Aí, hein, Gostosinha!?!?! Quem não gosta de um rala e rola, né?! Kkkkkkkkkkkkkkkkk!

Gostosinha
Entre um homem e uma mulher, numa ilha deserta, tudo é permitido. Não é mesmo?

Apresentador Divertidíssimo
Sem dúvida, Gostosinha! Sem dúvida! Kkkkkkkkkkkkkkkkkkk...
Mas vamos à próxima pergunta do nosso Bate-Bola Divertidíssimo. Outra pergunta divertidíssima... Divertidíssima e picante...
Kkkkkkkkkkkkkkkkkkk... Qual o lugar ideal para se fazer amor?

Gostosinha
Essa ilha deserta aí que você falou... Kkkkkkkkkkkkkkkk... Por
que não?

Apresentador Divertidíssimo (*seco, sem gracinhas*)
Prato favorito.

Gostosinha
Lombinho de porco com farofa à brasileira.

Apresentador Divertidíssimo
Homem bonito...

Gostosinha
Homem bonito? Não sei... São tantos...

Apresentador Divertidíssimo
Tem que ser pá-pum, Divertidinha do Método Stanislávski,
Grotowski, Essas Porra...

Gostosinha
Então, o Gianecchini, vai... Óbvio... Meio clichê... Kkkkkkk
kkkkkkkkkkkkkkkkk...

Apresentador Divertidíssimo
Homem bonito internacional...

Gostosinha
Então tá... Assumo: eu sou clichê mesmo... Brad Pitt... Kkkk kkkkkkkkkkkkkkkkkk...

Apresentador Divertidíssimo
Homem inteligente...

Gostosinha
Herr Dóktor Proféssor Zeitgeist de Almeida. Óbvio!

A orquestra soa.

Corinho
Mas que divertidíssimo!

Zeitgeist entra em cena, a plateia aplaude e apupa efusivamente. Cria-se um clima de pura emoção. Ao ver Zeitgeist entrando, Gostosinha começa a chorar, emocionadíssima. Reverente, o Apresentador Divertidíssimo vai receber Zeitgeist, que é colocado ao lado da Gostosinha, no sofá. Gostosinha não se aguenta e, aos prantos, abraça Zeitgeist. Depois, Apresentador Divertidíssimo oferece um lenço para a Gostosinha, que enxuga suas lágrimas. Apresentador Divertidíssimo assume seu posto.

Apresentador Divertidíssimo (*numa imitação satírica grotesca do Roberto Carlos*)
São tantas emoções... Kkkkkkkkkkkkkkkkkkkkkkkkkkkkkkkkk kkkkk... Emocionada, Gostosinha do Stanislávski, Grotowski, Essas Porra?

Gostosinha (*sorrindo, enquanto enxuga as lágrimas*)
Claro, pô...

Apresentador Divertidíssimo
Pois é, Herr Dóktor Proféssor... O senhor viu? A Gostosinha acaba de dizer que o senhor é o homem mais inteligente do Brasil...

Gostosinha
Do Mundo, do Mundo...

Zeitgeist
Modéstia à parte dela, caro Apresentador Divertidíssimo... Eu não passo de um imbecil que deixou o pensamento para trás...

Apresentador Divertidíssimo
Não é bem assim, né, Dóktor Proféssor? Todo mundo sabe dos seus estudos, das suas pesquisas...

Zeitgeist
Estudo? Pesquisa? Não! Cansei dessas porra... Eu só cheguei onde cheguei, só estou onde estou, porque me dediquei, nos últimos anos, exclusivamente, à estupidez... Estudo é o cu da sua mãe! Pesquisa é o cu da sua mãe!

Plateia, claque, emite uma gargalhada estrondosa.

Apresentador Divertidíssimo
Kkkkkkkkkkkkkkkkkkkkkkkkkkkkkkk... Cu... Ele falou cu... Cu da minha manhê, cu da minha manhê... Kkkkkkkkkkkkkkkkk kkkkkkkkkkkkkkk...

Apresentador Divertidíssimo estala os dedos.

A orquestra soa.

Corinho
Mas que divertidíssimo!

Apresentador Divertidíssimo
Kkkkkkkkkkkkkkkkkkkkkkkkkkkkkkk... Por falar em cu, hein, Dóktor Proféssor? Eu sei que o senhor é um completo imbecil, um gênio inequívoco... Mas, hoje, estamos aqui para falar de um assunto sério... O seu projeto, o projeto que vai libertar para sempre esse povo brasileiro débil mental! O projeto divertidíssimo do nosso divertidíssimo Herr Dóktor Proféssor Zeitgeist de Almeida! Estou falando de... de... Teatro!

Imbecis fazem trejeitos jocosos de bicha.

Imbecis
Ui ui ui...

Zeitgeist
Com todo o respeito idiota que lhe tenho, meu caro Apresentador Divertidíssimo... Teatro é o cu da sua mãe!

Gargalhada de claque ainda mais estrondosa que a primeira.

A orquestra soa.

Corinho
Mas que divertidíssimo!

Apresentador Divertidíssimo
Kkkkkkkkkkkkkkkkkkkkkkkk... Acho que vou explodir me divertindo tanto assim... Teatro é o cu da minha manhê... Teatro é o cu da minha manhê... Cu... Cu... Cu-u... Cu... É divertidíssimo

demais... Cu-u... Mas, Dóktor Zeitgeist, e o... E o... (*faz um pequeno suspense, abre um sorrisinho*) Teatro?!

Gargalhada da Claque.

Apresentador Divertidíssimo
Kkkkkkkkkkkkkkkkkkkkkkkkkkkkkkkkkkkkkkkkkkkkkkkkkkkkkk kkkkkkkk...

Imbecis dão risadas imbecis. Depois, voltam às expressões sem expressão e volume de voz anteriores.

Zeitgeist
É muito divertidíssimo, eu sei... Eu sei que é difícil conter os grunhidos de divertimento que a manada aí emite... Mas é sério...

Apresentador Divertidíssimo e Claque gargalham.

Zeitgeist
Só um momento, por favor! Por favor, aí... Manada com baixo índice de desenvolvimento humano...

Todos continuam a rir muito. Apresentador Divertidíssimo rola no chão. Gostosinha sente o personagem dentro de si com toda a intensidade. Zeitgeist fala entre as gargalhadas.

Zeitgeist
Sim! É disso que o povo gosta! Não pense! Não dance! Pensar é o cu da sua mãe!

Gostosinha e Apresentador Divertidíssimo
Cu! Cu! Cu-u! Cu! Cu-u! Cu! Cu! Cu!

Zeitgeist

É isso aí, minha manada oligofrênica, orgulho de um velho idiota como eu! Mas estou aqui, sem pensar... Aqui, a nível de Ministro de Porra Nenhuma; Meio Ambiente; Mulher; Fundação Palmares; Direitos Humanos; Educação; Relações Exteriores; Saúde; Ministro Interino de Porra Nenhuma e Economia; Secretário de Cultura; Cinemateca Brasileira e Porra Nenhuma, Herr Dóktor Proféssor Zeitgeist de Almeida, para lançar, aqui, em primeira mão, o Abaixo-Assinado para iniciarmos o processo de plebiscito que vai extinguir, para sempre, o Teatro!

Imbecis fazem trejeitos jocosos de bicha.

Imbecis

Ui ui ui...

Zeitgeist

Proibir definitivamente essas porra, que fica enchendo o saco de nós, que é burro mas é cidadãos de bem! Juntos, vamos dizer não ao Teatro!

Imbecis fazem trejeitos jocosos de bicha.

Imbecis

Ui ui ui...

Zeitgeist

Juntos, vamos dizer: Teatro é o cu da sua mãe!!!!!!!!!!!!

Gargalhadas, "bravos", apupos para Zeitgeist. A Gostosinha se joga sobre ele, o beija na boca. O Apresentador Divertidíssimo se prostra e, de joelhos, reverencia Zeitgeist.

Todo Mundo
Teatro é o cu da sua mãe!!!!!! Teatro é o cu da sua mãe!!!!!!...

Zeitgeist (*para o público, enquanto é carregado em triunfo*)
Todo mundo que era imbecil assinou o abaixo-assinado pelo plebiscito que acabou democraticamente com o teatro. Os imbecis assinariam qualquer coisa que eu pedisse. Uma questão hierárquica. Eu sou o maior imbecil que existe! Eu sacrifico a minha felicidade pensando, para que os brasileiros sejam felizes sem pensar. Mas, só pra avisar, penso só o estritamente necessário. Pensar é o cu da sua mãe!!!... Bem... o Teatro.

Imbecis fazem trejeitos jocosos de bicha.

Imbecis
Ui ui ui...

O Talk Show Divertidíssimo vai se desfazendo, com os personagens dançando uma coreografia ridícula do tipo "Dança da Galinha Amarelinha", enquanto bradam: "Teatro é o cu da sua mãe...!!!".

Zeitgeist
Por razões totalmente imbecis, os imbecis não tinham nada contra o teatro, nem contra motoristas que desrespeitam a faixa de pedestres. Os imbecis simplesmente não sabiam o que era teatro, nem o que eram aqueles riscos brancos pintados sobre o asfalto, nos cruzamentos. Foi uma negociação política democrática, abençoada pelo voto direto do povo imbecil. O problema do país era dinheiro, a coisa mais importante que existe, e o pragmatismo patriótico dos três poderes da República permitiu que, para a alegria imbecil de brasileiros imbecis de todo o território nacional, pudéssemos criar leis abençoadas para ganhar e economizar dinheiro, a coisa mais

importante que existe. Novas leis com a legítima assinatura do povo imbecil, no período que hoje chamamos de "A Era dos Plebiscitos Imbecis". Plebiscitos imbecis como o que o povo votou pelo fim da faixa de pedestres.

Imbecis giram volantes imaginários, enquanto fazem ruídos de motor com a boca frouxa.

Imbecis
Brrrrrrrr... Brrrrrrr... Brrrrrrrrr...

Carro de som, emitindo os discursos idiotas, passa pelo palco.

Zeitgeist
Mas... Quanto ao teatro...

Imbecis fazem trejeitos jocosos de bicha.

Imbecis
Ui ui ui...

Depois, voltam às expressões sem expressão e volume de voz anteriores.

Enquanto Zeitgeist diz a próxima fala, os Imbecis interpretam uma espécie de teatro experimental tragicômico, sempre emitindo seus grunhidos imbecis.

Zeitgeist
Quanto ao teatro, usando de todo o meu carisma imbecil, a nível de formação de opinião imbecil, convoquei o povo imbecil, que nunca ouvira falar em Stanislávski, Tchékhov, didatismo socialista do Brecht, conscientização do proletariado essas porra, a ir assistir umas peças geniais muito loucas experimentais

transgressoras de vanguarda, com neguinho dando uns gritos, sentindo os personagens por dentro, enfiando os mais diversos objetos no rabo, falando umas frases profundas que diziam tudo o que precisava ser dito, umas porra tipo teatro conceitual, umas porra tipo distopia do pós-tudo. Os imbecis tinham que fazer um esforço colossal para entender aquelas porra profundas que o pessoalzinho do teatro tentava esfregar na cara do público, mas a nova classe baixa alta dominante não entendia nada dessas porra. Ninguém entendia nada. Aí, porra, o povo, cansado de tentar ficar pensando naquelas porra profundas, decidiu, quase que numa unanimidade imbecil, que não queria mesmo ficar pensando naquelas porra, que teatro é o cu da sua mãe, que ele, o povo, tinha mais o que fazer, ganhar dinheiro, e não perder tempo com as porra daqueles pessoalzinho do teatro. O povo não queria entender mais nada. Salve! Salve!

Imbecis levantam as mãos aos céus, de modo imbecil. Depois, voltam às expressões sem expressão e volume de voz anteriores.

Zeitgeist
Aí foi fácil convencer os Três Poderes a botar na pauta a porra do plebiscito pra saber se o povo queria acabar, democraticamente, com a porra do teatro, ou não. O povo, que é imbecil mas não é bobo, sabe que dinheiro é a coisa mais importante que existe. E os imbecis dos Três Poderes, que são escravos da vontade do povo imbecil e do dinheiro, que é a coisa mais importante que existe, entenderam que, num momento de crise financeira, quando o país tinha a necessidade de retomar a porra do crescimento econômico a qualquer custo, não era mais viável continuar gastando capital, por menor que fosse, com coisas que ninguém entende, como a tinta usada para pintar as faixas de pedestres... Como a porra do Tadeusz Kantor.

Forma-se a tribuna da Câmara dos Deputados. Os parlamentares vão ao microfone declarar seus votos para convocar o plebiscito acerca da proibição ao teatro.

Deputado 1
Teatro é o cu da sua mãe! Digo NÃO ao Teatro!!! Digo SIM ao plebiscito!!!

Deputado 2
Em nome do cara que enfiava baratas nas vaginas das atrizes comunistas grávidas, o terror desses pessoalzinho que pensa! Meu voto é SIM!!! NÃO!!! SIM!!!!

Deputado 3
Contra a maconharia, contra a arara-azul, as baleias, as tartarugas, a China e o topless nas praias brasileiras, SIM ao plebiscito que vai dizer NÃO ao Teatro!!!

Deputado 4
Em nome do crescimento econômico... Em nome do dinheiro, que é a coisa mais importante que existe... Em nome do pogresso... Em nome da paz espiritual e financeira... Xô, teatro!

Deputado 5
Pela minha mãe!!!!! Teatro? Tô fora!

Deputado 6
Teatro é o cu da mãe dele!

Deputado 7
Vá ao teatro, mas não me chame!

Deputado 8
Esses pessoalzinho do teatro não basta torturar! Tem que matar!!!!

Deputado 8 cospe na cara do Deputado 7.

Deputado 9
Não! Sim!

Deputado 10
Sim! Não! Em nome do Senhor Jesus! Sim! Não!

Zeitgeist
Então, tudo foi acontecendo dentro de uma estética naturalista, tipo Stanislávski. Dissemos NÃO à faixa de pedestres e,
logo depois, fomos em massa dizer NÃO à porra do teatro. Fi-
zemos o plebiscito e tivemos uma vitória esmagadora. Acabou.
O teatro acabou. Acabou e pronto — democraticamente, legalmente, pela vontade do povo, que é imbecil, sabe do que precisa, sabe o que quer.

*Imbecis fazem gestos comemorativos imbecis. Depois, voltam às ex-
pressões sem expressão e volume de voz anteriores. Um dos Imbecis
se senta numa cadeira bem maior do que ele, no centro do palco escuro. Escuridão e foco de luz sobre o Imbecil, como se ele fosse um "al-
coólico anônimo" prestando seu depoimento acerca da cura do vício.*

Ator
Sim. A nível de ator, o teatro era minha vida. Tudo o que eu
fazia era em função do meu talento para a arte da representação... Ah! A alegoria metafísica...

Imbecis fazem trejeitos jocosos de bicha.

Imbecis
Ui ui ui…

Ator
Eu não pensava em dinheiro. Eu não queria dinheiro. Eu queria amar… Eu queria teatro!

Imbecis fazem trejeitos jocosos de bicha.

Imbecis
Ui ui ui…

Ator vai se emocionando, como se fosse um crente descrevendo sua revelação.

Ator 1
Sabia que eu nunca ganhei um edital? Sabia que o governo nunca me deu dinheiro pra eu fazer teatro, nunca me deu direitos humanos nenhum? E eu lá, sentindo o personagem, sofrendo pra ganhar o edital que provaria o talento que eu nunca tive. Ou eu tinha talento? Não importa. (*tímido, sorriso encabulado*) Agora eu sei que teatro é o cu da sua mãe. Ai, que alívio… Ai, que preguiça… Graças ao plebiscito, sou livre. Não penso mais. Medito. Nada de decorar textos, Tchékhov essas porra. Ganho dinheiro sem pensar. Foram-se as angústias. Foi-se o ego. Pra que o ego, se agora eu tenho o dinheiro? Todos amam um imbecil como eu. Sim. Não. Não sou mais um ator, graças a Deus e ao Herr Dóktor Proféssor Zeitgeist de Almeida, meu máximo mestre. E vivo "live". Milhões de visualizações sem nenhum texto para decorar. Sem nada a dizer. Nada a pensar. Tudo natural, tipo Stanislávski essas porra. Sem alegorias. Sem representações. Adeus à linguagem. Jean-Luc Godard é o cu da sua mãe. Somos a maioria! Vencemos!

Ator 2 entra em cena dramaticamente, se arrastando, babando, desesperado, defendendo o teatro.

Zeitgeist
Quer dizer... Teve uns desses pessoalzinho do teatro que não se conformaram e tentaram resistir, contra a vontade soberana e imbecil do povo.

Ator 2
Nãããããããããããããooooooooooooooooooooooooooooo! O teatro é sagrado! O teatro é a minha vida!!!! Eu sou um ator e minha alma é escrava do teatro. O meu sacerdócio!!!! Rompi com a realidade!!!!! Rompi com tudo o que é compreensível à luz da razão! Sim! Eu quero continuar a dizer coisas que ninguém entende! Eu quero provocar fluxos de consciência na plateia! Sim! Nãããããããããããããooooooooooooooooo! O teatro nunca vai acabar!!! O teatro é eterno!!! Eu sou eterno!!!!!!! Eu sou o indivíduo mais importante que existe!!!! Eu sou um artista!!!!!!

Brutamontes de verde e amarelo, rindo muito, risadas meio nojentas, tacos de beisebol nas mãos, cobrem o Ator 2 de porrada. O sangue esguicha por toda parte. Tudo é muito violento. O palco/cenário é destruído. Fogo. Risadas macabras.

Zeitgeist
Mas resistente é o cu da sua mãe. Depois do plebiscito, a lei estava conosco e tivemos inclusive a proteção das polícias pra tacar fogo nos antros teatrais que insistiam em continuar sentindo personagens por dentro, que insistiam em tentar enfiar pensamentos profundos em quem só queria estar contente, ganhando dinheiro, que é a coisa mais importante que existe. Nos pessoalzinho mais nervosinhos, foi só dar umas porradas de levinho neles, que eles se dispersaram por aí e logo absorveram

a nova ordem cultural, tornando-se uns imbecis como todos nós, imbecis. Somos todos iguais! Sim! O triunfo da felicidade!

Os gestos imbecis e os ruídos de voz imbecis dos Imbecis vão ficando mais fortes e contentes. Os Imbecis vão tomando conta do palco (tentar criar uma multidão cenográfica de Imbecis para se juntar aos atores Imbecis). Livros começam a ser jogados numa fogueira, no centro do palco. Grunhidos imbecis.

Zeitgeist

Ainda tinha os livros, mas, com essas porra, não foi preciso nem fazer lei. Foi uma coisa espontânea, lindo, as fogueiras de palavras, os imbecis todos tomando as ruas, os imbecis todos trazendo seus agrupamentos de palavras impressas como combustível para as fogueiras. Finalmente éramos todos iguais, todos imbecis. Éramos todos UM e a fumaça de palavras subiu aos céus, levando com ela os tristes fantasmas que assombraram este palco.

Fantasmas em cena. Seus movimentos são insólitos, nada parecidos com os movimentos de uma pessoa normal. Tudo bem escuro, com iluminação bem leve nos fantasmas, que formam uma espécie de procissão de almas penadas.

Jovem Ator Inocente do Interior

Eu e minha namorada começando a fazer teatro, no salão atrás da igreja, na cidadezinha à beira-mar, que tinha um parquinho com trem-fantasma, onde eu segurava a mão da minha namorada, e um stand com espingarda de rolha, onde eu ganhava bichinhos de pelúcia e Lanche Mirabel para a minha namorada.

Jovem Ator Inocente do Interior sai de cena.

Fantasma Imbecil
Um tempo que agora é antigo.

Namorada do Jovem Ator Inocente do Interior entra na procissão, vestida de soldado romano. Uma armadura esdrúxula de papelão.

Namorada do Jovem Ator Inocente do Interior
A Paixão de Cristo, no pátio da igreja.

Jovem Ator Inocente do Interior volta à cena, engatinhando, agora fantasiado de Jesus Cristo, carregando a cruz cenográfica, usando peruca e barba postiça mal-ajambradas, coroa de espinhos de plástico, com sangue de molho de tomate escorrendo pelo rosto. Namorada do Jovem Ator Inocente do Interior pega um chicote, vai falando enquanto chicoteia o namorado. A cada chibatada, Jesus Cristo brada.

Jesus Cristo (*patético*)
Eu te amo! Eu te amo! Eu te amo!

Namorada do Jovem Ator Inocente do Interior (*enquanto chicoteia*)
Arte. Teatro. Poesia. Ele me parecia tão ridículo com aquela barba postiça de Cristo de Paixão de Cristo de cidadezinha pequena, o sangue de molho de tomate escorrendo. Um jovenzinho imaturo, fazendo planos para um futuro de arte, de Teatro. (*pausa; agora é a própria Namorada que faz os trejeitos*) Ui ui ui... O Jovem Ator Inocente do Interior me amava.

Jesus Cristo (*patético*)
Eu te amo! Eu te amo! Eu te amo!

Chibatada. Gargalhada.

Namorada do Jovem Ator Inocente do Interior
Kkkkkkkkkkkkkkkkkkkkkkkkkkkkkkkkkkkkkkkkkkkkkkkkkkkkkk...

Hamlet, vestido a caráter, com um crânio na mão, desfila na procissão.

Os Imbecis sussurram um sambinha. Eles ficam cantando, muito baixinho, atrás de Hamlet.

Imbecis
Cheiquispéri choraria, ô
Cheiquispéri choraria
Cheiquispéri choraria, ô
Com a atual dramaturgia...

Hamlet (*olhando para o crânio em sua mão*)
Eu não acredito em Deus. Eu sei que Deus existe e Deus é tudo o que o homem não consegue entender, não consegue explicar. E como o homem é burro, não consegue entender nada, não consegue explicar nada, não consegue ver Deus nem o Diabo dentro dele, então, o homem, burro, ridículo, fica inventando Deus, fica inventando verdades e matando Deus. Porque, com toda a certeza, Deus não é um cara parecido com a gente. Deus não é um cara que fica vigiando todo mundo pra premiar os bons e castigar os maus na vida eterna. Se Deus fosse esse que o pessoal fala, esse que é bom, que é o criador de todas as coisas, o cara que faz o que quer com a vida da gente, que determina tudo, se ele tivesse alguma coisa de bom, ele não ia deixar criancinha ser decapitada na África, não ia deixar os caras entrarem numa aldeia e estuprar todo mundo, matar bebê na frente dos pais, torturar. Se Deus fosse bom e sapiente, ele não ia botar câncer em tanta gente, aquele tumor perebento crescendo, crescendo, em criança, ele não ia fazer tanta gente sentir tanta

dor o tempo todo, a vida inteira. E depois ainda castigar com o fogo eterno, os homens todos, eternamente, ardendo no fogo, dor e mais dor e mais dor e mais dor eternamente. Isso tudo é coisa do homem. O que é de Deus é o básico, o papai e mamãe. A fome, a sede, o sexo. Você não decide: vou ficar com fome, vou ficar com sede, vou sentir desejo sexual. Isso é Deus. Mas tem outra parte de Deus, a mais importante, a mais espiritual, que só existe naquilo que a gente não sabe. Não adianta — ninguém vai conhecer Deus, nem na vida agora, nem na vida eterna, porque não há vida eterna, não há resposta, porque Deus é misterioso e os homens são burros, nojentos de tão burros, que ficam procurando Deus onde Deus não existe. Porque quando uma verdade é estabelecida, quando um grupo grande de pessoas começa a ter fé numa mesma verdade, a possibilidade de Deus se revelar desaparece, porque, com a verdade estabelecida, fechada, imutável, a busca pela verdade cessa e a possibilidade de conhecer um ínfimo de Deus que seja deixa de ser possível. Está morta a curiosidade.

Uma mulher, trajes bíblicos, passa pela procissão acalentando um bebê em seu colo. Enquanto Hamlet continua sua fala, os Brutamontes de Verde e Amarelo arrancam o bebê do colo da Mulher Bíblica e o espancam violentamente, pisam em seu rosto, mordem, sangue esguichando exageradamente. Gargalhadas grotescas. Rebolados de funk.

Hamlet (*acalmando a plateia*)
Calma, minha gente, calma... Trata-se apenas de representação alegórica... Teatro... Ui ui ui... Pode esquecer esse Deus justo. Esse Deus que pensa nos homens não existe. Não poderia haver nada mais monstruoso do que esse Deus da dor e do sangue e do fogo eterno. É muita pretensão dos homens achar que Deus está olhando pra eles. Todas as respostas acerca de

Deus são falsas. Mas existe o Deus das perguntas sem resposta, eu sei, eu tenho certeza. O Deus que fornece a esses conglomerados de carbono e água que constituem os homens, ui ui ui, a capacidade de dizer e fazer coisas escrotas.

Shakespeare escreve sob a luz de uma vela, com cotoco de lápis. Sua fantasia de Shakespeare também é mal-ajambrada, no estilo figurino de teatro infantil. Em seus gestos, Shakespeare demonstra alta ansiedade, dramático, na angústia da criação.

Hamlet

O Shakespeare, lá na casa dele, no escuro, de noite, com uma vela acesa, um cotoco de lápis — a existência de um lápis não comprova a existência de Deus? —, aí o Shakespeare fica lá, pensando, e vem um monte de palavras na cabeça dele. O Shakespeare começa a discutir dentro da cabeça dele: que porra é a vida? Aí alguma coisa lá, dentro dele, no escuro, a luz da vela, um tempo antigo, um silêncio de noite estrelada, aí essa coisa responde assim: a vida é um espetáculo cheio de som, luz et cetera et cetera et cetera e que nada significa et cetera. Porra. Que porra é essa? Hein? Que porra é essa que saiu de dentro do Shakespeare? Não tem explicação. Não dá pra explicar. Só pode ser alguma coisa que tenha a ver com Deus. Deus botou dentro da alma do boneco Shakespeare, do personagem Shakespeare, essas ideias, essas palavras. Ou então foi o Mal, o demoníaco, desafiando Deus, colocando em dúvida a autenticidade de Deus, dizendo que a vida criada por Deus nada significa. (*pausa; olha para Shakespeare*) Quer que eu desenhe?

Hamlet se deita no divã, no consultório do dr. C.G. Jung, sempre na procissão, sempre olhando para o crânio.

Dr. C.G. Jung
Se Deus é a verdade e a verdade não existe, não existe Deus, não existe verdade, não existe nada e não há razão de ser para nada e só resta o eterno teatro, a gente fingindo que as nossas dores são muito importantes, querendo que os outros identifiquem a nossa dor como algo muito importante, querendo que todo mundo em volta sinta a mesma dor que a gente. Se doeu em mim, tem que doer em todo mundo. E esse é o nosso teatro. É bom isso. É muito bom isso. Esse nosso encontro é bonito. A gente aqui, neste palco, com o chiado das caixas de som, luz, plateia, figurino, direção, produção. Estamos aqui, onde todos já estiveram, onde todos estarão.

Passam pela procissão os fantasmas do jovem Werther e de Mefistófeles (uma fantasia de diabo de circo fuleiro).

Mefistófeles
Os homens não entendem nada. Ficam o tempo todo inventando essas coisas estranhas para fazer antes de enfiarem pedaços de carne e sangue uns nos outros. Sexo e violência... Teatro... Ui ui ui... Ficam pensando em ter mais coisas legais, produtos legais, croc-chips-bits-burgers, substitutos do amor, até que tudo se esgote, até que os restos fedorentos dos croc-chips-bits-burgers sujem tudo, estraguem tudo, e os homens violentem tudo, transformem o mundo, a vida, num cu arrombado. Homens secos, urubus comendo carniça, gente seca arrombada, se arrastando pelas ruas, implorando pela morte.

Werther
Não! Sim! A morte! Sim! Não! A vida! Ninguém é só bom ou só mau. Cada um de nós carrega o bem e o mal dentro de si. Cada um de nós é dois!

Mefistófeles

Não! Antes fosse assim, meu caro Werther: dois personagens em cada um de nós... Um bom e um mau. Seria fácil... Mas não! Cada um de nós tem milhões de personagens dentro de si.

Édipo, olhos furados, andando a esmo pelo palco, com um alfinete na mão.

Édipo

Fingir que somos outras pessoas, ou animais, ou coisas, ou pensamento abstrato, para as pessoas que vêm ao teatro ver. Cena, encenação, representação, simulação, fingimento, jogo estético, jogo psicológico, jogo religioso até, mitologia. (*tira de uma bolsa páginas soltas, pergaminhos antigos*) Papiros, papel, onde letras foram gravadas, letras que significavam coisas, que formavam algum tipo de conteúdo como instruções para uma encenação de teatro, uma história de mentira, ou de verdade, ou nem de verdade nem de mentira, coisas assim, agrupamentos de palavras que parecem fazer algum sentido mais profundo, metafísico. Palavras que simbolizam coisas que não existem de verdade. Coisas que não são para ser entendidas! (*pausa*) Eu estou fingindo... Eu estou mentindo...

Agora, desfila o Grande Artista Premiado, com um troféu na mão.

Grande Artista Premiado

Meu prêmio. Meu troféu. Estou entre os melhores e ganhei meu cheque bancário, que vale uma quantidade determinada de dinheiro. Sou um vencedor e recebo homenagens, fico feliz, o melhor do ano, o melhor na minha função de grande homem de teatro, o chefe de tudo gerenciando tudo, o comandante de todo o fingimento. Eu sou assim, meio nervosinho.

Grande Artista Premiado executa uma coreografia nervosinha. Dois Personagens Mórbidos desfilam.

Personagens Mórbidos (*mórbidos*)
Teatro: oito mil anos na história da humanidade. Teatro: oito mil anos na história da humanidade...

Personagem Mórbido 1
Então é isto o Teatro?

Personagem Mórbido 2 pega o boneco de um rinoceronte no chão.

Personagem Mórbido 2 (*segurando o rinoceronte*)
Isto aqui... Isto aqui... Bem... Isto aqui é um rinoceronte. Não tem nenhum sentido.

Agora, desfila um ator miserável, um mendigo, entre os fantasmas do Teatro.

Mendigo
Quase nenhum dinheiro... Pensamentos estranhos... Esses pessoalzinho do Teatro... Ui ui ui... Aí ó: uma quantidade enorme de esquizofrênicos, psicopatas, suicidas, assassinos, pervertidos sexuais de toda espécie, comunistas, maconheiros, gente que trabalhava na globalização do marxismo cultural. Uma época de transformações, na qual o teatro já não cabia mais na nova ordem social, política e cultural. O fim da ideia. Nivelar as relações, reduzindo a zero os conflitos deflagrados pelas diferenças de opinião e de pensamento. Na Nova Cultura, a Arte deu lugar à educação para o trabalho e para o dinheiro, que sempre foi a coisa mais importante que existe.

Brecht

O teatro, ui ui ui, deveria ser inteligível a qualquer tipo de pessoa, tudo precisa ser compreendido, sem qualquer dificuldade, por todo mundo.

Vultos no palco, fantasmas. (Efeitos de projeção.)

Ator Fantasma (*andando de um lado para outro, dando uns gritos, soltando umas gargalhadas, chorando e gemendo*)
Nós, atores e atrizes, fazíamos coisas como essas que eu estou fazendo — andando de um lado para outro, dando uns gritos, soltando umas gargalhadas, kkkkkkkkkkkkkkkkkk, daqui pra lá, de lá pra cá, chorando, gemendo… (*para de repente*) Ai, que angústia!

Atriz Fantasma

Em cima deste palco, já gemeram de dor, cuspiram perdigotos de alegria, centenas de pessoas… Milhares… Pessoas como eu, aqui agora, e pessoas como qualquer um desses aqui em volta, esses que estão sempre no palco, vivos ou mortos, há séculos, há milênios, assombrando… Vocês estão vendo?

Produtor Cultural

Valendo-se do que há de mais moderno no mercado internacional, a nível de tecnologia de ponta, e abastecidos daquilo que é a coisa mais importante que existe — o Dinheiro!!!!!!! —, profissionais altamente qualificados da nossa equipe cultural experimental puseram-se numa minuciosa análise de cada particularidade deste espaço arquitetônico dedicado ao convívio entre pessoas que fingiam ser outras pessoas e pessoas que ficavam vendo pessoas fingindo ser outras pessoas, sob luzes coloridas, ao som de música e ruídos, agradáveis e/ou desagradáveis, simulando realidades concretas e/ou abstratas, quase sempre se levando a sério demais. Esse jogo de simulação, de fingimento, de distorção da realidade, os praticantes do Teatro chamavam de "encenação", que era composta, além dos dissimulados jogadores, por uma série de adereços, imagens simbólicas, todo um vestuário — toda uma ambientação — que compunham um cenário... Todo um clima...

Dramaturgo
"Um palco despido, porque o diretor da peça queria justamente isso, um palco que fosse apenas palco, do qual se teve o cuidado de retirar primeiro uma árvore seca e um sol de papel, que eram as duas únicas peças do cenário, e depois as cortinas, interruptores e até mesmo escadas e baldes, uma vassoura, que ficavam atrás de um outro pano no fundo de tudo e que também foi, este pano, retirado. De maneira que o que subsiste na obscuridade é um fundo fundo, e a luz que um projetor joga agora naquele espaço é apenas suficiente para iluminar, como se pairasse, destacado, sem solo ou cercanias, um ator que, vestido em andrajos, entrou em cena sem que ninguém percebesse e recita então as primeiras falas de um texto." (*Sérgio Sant'Anna*)

Ator Vestido em Andrajos
"Não, não é bem isso."

Atriz Fantasma (*olhando para a plateia*)
Os que fingiam agora estão assistindo e os que assistiam agora estão fingindo.

Ator Fantasma
Ver, ouvir, olhar pra cá, pro palco. Ou ficar aqui, no palco, fazendo coisas para os daí acreditarem, tentando dizer algo,

alguma coisa importante, para os daí verem e ouvirem e ficarem pensando, pensando, pensando, pensando... Como pensam...

Atriz Fantasma
É melhor agora... É melhor assim: todos pensando o mesmo pensamento...

Ator Fantasma
Nosso destino já estava traçado por forças superiores... Alegorias metafísicas... (*sem afetação*) Ui ui ui...

Ator do Futuro
Sim... Não... Parem... Silêncio... Hoje, no futuro, alguém está se lembrando de nós...

Si-Si-Fu entra na procissão, carregando uma pedra enorme nas costas, acompanhado de seu Mestre e um Monge.

Monge
Si-Si-Fu, monge da mitologia de todos os povos, perguntara a seu mestre onde poderia encontrar a felicidade.

Mestre
A felicidade estará no alto de um monte, desde que você consiga carregá-la até lá.

Monge
Mas a cada vez que Si-Si-Fu transportava penosamente sua felicidade até o cume do monte, ela rolava sobre sua cabeça e descia de novo até lá embaixo. Si-Si-Fu teve uma iluminação:

Si-Si-Fu
A vida é like a rolling stone.

Monge
Si-Si-Fu tornou-se um homem de conhecimento.

Ator Sofredor entra na procissão.

Ator Sofredor
Ele gostava que os seus personagens se instalassem de verdade, carnalmente, na alma de atores e/ou atrizes que os interpretavam. E os atores e/ou atrizes sentiam de verdade, choravam, gemiam, se emocionavam, suavam em bicas, gritavam até ficarem roucos e iam para casa depois do espetáculo teatral, pensando, sentindo, sofrendo, pensando, pensando, pensando sem parar, naquela angústia, como se fossem personagens e não eles próprios, seres humanos ridículos que se acham importantes demais mas não passam de coisa nenhuma, perdidos na imensidão do cosmo...

Diretor Nervosinho entra na procissão, nervosinho com o Ator Fantasma, berrando com ele.

Diretor Nervosinho
Não, porra! Não é isso! Dá pra falar pela boca, porra?!?!?!?!?!?! Pronunciar as PA-LA-VRAS!!!! Você, por acaso, ator, entende as palavras que está falando? Porque a plateia quer entender! Por que não fala que nem gente, porra?!?!?!?!?!?!?! (*pausa*) Mas não!!!!!! Não é isso!!!!! Você é um ator. Pelo menos finja que é inteligente!!!!! Porra!

Brecht vem marchando com a procissão, falando com o Diretor Nervosinho.

Brecht

Calma, Diretor Nervosinho... Você está pensando tanto, pensando tanto, que já está começando a feder, morto, nessa angústia. Pra que essa berração, esse sofrimento todo? Essa gemeção, esse excesso de lágrimas e perdigotos produzidos pela forte emoção desses atores e/ou atrizes totalmente tomados e incapacitados de raciocinar pelos personagens parasitas dentro deles. Eu quero que eles sejam mais frios, mais preparados para manipular suas emoções, corpo e alma, controlando os personagens como se eles fossem marionetes.

Fantasma

Vi o Antunes Filho dizendo isso, num ensaio do <u>Macunaíma</u>, em 1979, no Teatro João Caetano.

Brecht

O ator e/ou atriz deveria estar fora do personagem, sendo capaz de observá-lo criticamente, as emoções congeladas para que os personagens produzam um efeito épico-didático (*olha para a plateia*) sobre pessoas que nem vocês aí, aqui, que vinham ao teatro para nos ver nos manipulando a nós mesmos, como se fôssemos bonecos. É tudo tão difícil...

Passa pela procissão uma espécie de "guerreiro das estrelas", fazendo movimentos com uma espada de luz.

Guerreiro das Estrelas

Tão confuso... Os pensamentos. O que vocês querem?!?!?!? Uma guerra?!?!?! Vocês aí: pensando, pensando, pensando, compenetrados, tentando sentir o personagem e/ou manipulá-lo como a um fantoche, naquela angústia... Nós, aqui, achando que temos algo de importante para dizer às pessoas.

Mudando de ideia, toda hora, como se uma coisa fosse melhor do que outra, ou mais bonita, ou mais engraçada, quando é mais do que provado, por métodos científicos cibernéticos inquestionáveis, que tudo, todas as coisas que há, nada é importante... Só o dinheiro. Dinheiro é a coisa mais importante que existe. É ou não é? Dinheiro é a coisa mais importante que existe...

Ator do Futuro
Então, vocês que ficam olhando pra cá, como se fossem plateia de teatro, como se eu fosse uma pessoa fingindo ser outra pessoa, num futuro horrível que eu amo, já que, lá, não penso...

Hamlet (*cara a cara com o crânio*)
Perceber, pensar: atividades penosas, primitivas, imorais, em desuso, graças a Deus... Um dia vocês vão perceber: a vida é et cetera, et cetera, et cetera... Ouçam. Vejam.

Hamlet opera um aparelho, onde vai acessando áudios de peças de teatro, filmes e as próprias falas da peça, que vão formando um mosaico sonoro. As vozes iniciam em BG e vão subindo aos poucos.

Os outros atores fazem uma coreografia, na qual mudam de personagens o tempo todo, choram, riem, rastejam, mudam adereços, falam trechos fazendo com que suas vozes se juntem às vozes gravadas. Os gestos devem seguir o que a narração de Hamlet sugere.

Hamlet
Percebe? Então é isto? É isto o teatro? O horror. Uma luta insana para se chegar a lugar algum. Pensamentos demais se expandindo e se retraindo sempre de volta à estupidez. Pensamentos formando galáxias engolidas pelos buracos negros

do verbo. Sobrevida, nunca imortalidade. Qualquer vida pode morrer a qualquer momento. Desintegração. Pensamento zero. Desfile de gestos e palavras. A felicidade da estupidez. A eliminação de todas as angústias.

Godot
Ação patriótica desenvolvida por pessoas diferenciadas da República. O progresso. O crescimento econômico. O dinheiro.

Hamlet (*para o crânio*)
A coisa mais importante que existe. Nasce um novo ser humano.

Stanislávski
Mais bravo, mais prático, mais realista. A realidade vence a fantasia, a filosofia, a mentira. Nossa alma livre da arte. Nossos cofres cheios de dinheiro.

Godot
A coisa mais importante que existe!!!

Hamlet faz uma espécie de ventriloquismo com o crânio, mexendo a boca do crânio.

Crânio
A Estupidez no comando de nossa civilização, a abençoada Estupidez. Finalmente, o alto desenvolvimento econômico, o crescimento global, a vitória do Progresso sobre o Talento e sobre o Espírito, o suave apaziguamento do Inconsciente Coletivo, livre para exercer seu direito ao apaziguamento.

Atores encarnam rapidamente os personagens citados.

Hamlet
O Mal não veio do Inferno. Os maus não são demônios emergentes do Inferno. A Estupidez se encarnou na senhora boazinha que rega as flores no jardim, nos professores sem partido, no artista fracassado, nos fracos. Na supremacia do dinheiro que deforma qualquer juízo crítico nesta época de caos materialista.

Coro de Artistas Fantasmas
Santa Ignorância. Estamos todos aqui, aprimorando nossos talentos, exercendo dia após dia nossas tarefas de artistas, nos tornando especialistas nas mais diversas especialidades, paralisados por certezas estúpidas. A mesma arte, o mesmo teatro.

Hamlet
A impotência criativa acalmando toda uma cultura, toda uma nação, todo um povo. A felicidade da Estupidez. Abençoadas opressões.

Coro
Irmã Estupidez, exterminadora de toda profundidade dramática.
Tornai nossa vida mais leve e nos recompense com os afagos do pensamento médio de uma nova espécie humana triunfalmente medíocre.
Sim! Os estúpidos são os mais inteligentes.
Sim! Fingimos que somos ainda mais estúpidos do que somos na verdade.
Sobrevivência social, profissional, econômica.
O teatro é um inferno.
A estupidez uma bênção.

Édipo
É mais feliz aquele que não percebe a própria miserabilidade nesta vida miserável.

Coro (*fazendo gestos marciais*)
Contra o Pensamento!
Contra a Subjetividade!
Contra o Pecado Original do Homem e da Mulher!

Hamlet
Estamos mortos, apodrecendo… Não sei… Eu estou pensando. Eu penso demais, muito. Vocês também?

Discurso sobre a metástase © André Sant'Anna, 2021

Todos os direitos desta edição reservados à Todavia.

Grafia atualizada segundo o Acordo Ortográfico da Língua Portuguesa de 1990, que entrou em vigor no Brasil em 2009.

capa
Violaine Cadinot
imagem de capa
Angela Dalinger
preparação
Márcia Copola
revisão
Ana Alvares
Karina Okamoto

Dados Internacionais de Catalogação na Publicação (CIP)

Sant'Anna, André (1964-)
Discurso sobre a metástase / André Sant'Anna. —
1. ed. — São Paulo : Todavia, 2021.

ISBN 978-65-5692-168-6

1. Literatura brasileira. 2. Conto. 3. Sátira e humor.
I. Título.

CDD B869.3

Índice para catálogo sistemático:
1. Literatura brasileira : Ficção B869.3

Renata Baralle — Bibliotecária — CRB 8/10366

todavia
Rua Luís Anhaia, 44
05433.020 São Paulo SP
T. 55 11. 3094 0500
www.todavialivros.com.br

fonte
Register*
papel
Munken print cream
80 g/m²
impressão
Geográfica